一个人的朋友圈，全世界的动物园

周洁茹 著

江苏凤凰文艺出版社
JIANGSU PHOENIX LITERATURE AND
ART PUBLISHING, LTD

图书在版编目（CIP）数据

一个人的朋友圈，全世界的动物园/周洁茹著.—南京：江苏凤凰文艺出版社，2017.6
 ISBN 978-7-5594-0579-1

Ⅰ.①—⋯ Ⅱ.①周⋯ Ⅲ.①随笔—作品集—中国—当代 Ⅳ.①I267.1

中国版本图书馆CIP数据核字（2017）第125709号

书　　　名	一个人的朋友圈，全世界的动物园
著　　　者	周洁茹
责 任 编 辑	张　黎　王宏波
出 版 发 行	江苏凤凰文艺出版社
出版社地址	南京市中央路165号，邮编：210009
出版社网址	http://www.jswenyi.com
印　　　刷	南京新华泰实业有限责任公司印刷厂
开　　　本	880×1230毫米　1/32
印　　　张	8.125
字　　　数	165千字
版　　　次	2017年7月第1版　2017年7月第1次印刷
标 准 书 号	ISBN 978-7-5594-0579-1
定　　　价	39.00元

（江苏凤凰文艺版图书凡印刷、装订错误可随时向承印厂调换）

目 录

天使有了欲望

天使有了欲望 / 003
我在深夜里尖叫 / 005
上帝的孩子都有枪 / 007
身体和爱的关系 / 009
一直单身下去的理由 / 012

拉拉手

乔安的棒棒糖 / 017
冻咖啡 / 019
炒青菜 / 021

凉茶 / 026

煲仔饭 / 028

姜葱鸡和素丸子 / 032

土豆沙拉 / 039

味噌汤 / 043

炸鱼薯条 / 045

拉面 / 048

米粉饼 / 051

酒 / 054

冰冻啤酒 / 056

拉拉手 / 063
  CD，Friday，豪富门，天水雅集，半坡村，曼哈顿，天茗，旭日东升，清心雅叙，老房子，四季红，圣宾，兰桂坊，公园97，钱柜，棉花，摩登对话，三毛茶楼，拉拉手

看电影

四十岁看电影 / 081
  失忆了，白骨精十六岁，那些与 La La Land 有关的事

家

棋 / 093

花 / 095

银 / 098

宝石 / 100

如意 / 102

妈妈写了一封信：《最长的阶梯》/ 104

球球的旅行 / 107

朋友

我们的荆歌 / 119

巫昂姐姐 / 123

赳赳 / 128

棉棉为什么写作 / 132

董老师 / 137

到虚荣时光去 / 143

一个人的朋友圈

一个人在朋友圈 / 155

一个人在二十岁 / 159

一个人在四十岁 / 167

创作谈

现在的状态 / 223

我和我的时空比赛 / 236

过去未来 / 248

天使有了欲望

① 天使有了欲望

如果我信神,为什么我又如此恐惧,如果我不信神,为什么我又如此恐惧。

我害怕夜晚来临的时候,我害怕极了。《善恶》书里女巫说:午夜前半个小时是为了行善,午夜后半个小时是为了行恶。我相信她说的话。

我最好的朋友送给我一个木头雕的女巫,女巫的头发很长,戴着橄榄枝的手镯,她的右手平放在胸前,她的脸总是笑着,我不明白她笑什么,我把她放在我的电脑前面,我每天都看着她,她每天都在笑。我看到她,我就充满了恐惧。我不停地看她,不停地恐惧。

有一天深夜,我写小说,我写到有一个女人,这个女人起先有些忧郁,后来开始懒惰,后来她开始不知道自己是谁,后来她过马路,被车撞死了。然后我就觉得有一把刀从窗口伸进我的房间里来了,我目不转睛地看着那把刀,然后我打电话给我的朋友,我问她,为什么我如此恐惧?她说,因为你不宽容,你的心里有太多恶了,你的心里有一把刀,那么那一把刀就出现了。我认为她的话很有道理。

我不宽容,我的心里充满了仇恨,所以天一黑就果真什么都黑了。

很多恨是突如其来的。我翻杂志,我又看到了那个男人,他喜欢这样陈述故事:我在桥洞下看见了一个小妓女,我给她钱可是我不要与她做爱,因为我可怜她;我上街,我看见了一个下岗工人,我给他钱可是我不期望回报,因为我可怜他三番五次,反反复复,我恨那个男人,我恨极了,我不宽容他。

曼·亨利希说,每个孩子都有一个守护天使在天空抓牢他,让他没有危险,好好长大。可是我恶毒地相信,那个男人的天使把手放开了很长时间,所以他才会这么陈述故事。

我以为天使终有一天会出现,所以我每天都对自己说,对神要虔诚,对人要公正,不伤害任何一个人,永远憎恨邪恶,永远维护正义。可是我的朋友有了欲望,他说他忏悔,可是我说,即使你忏悔,神也不宽容你,我知道是我的过错,可是我哭了,可是我的心中仍然充满了仇恨,所以我每天对自己说的话,一点用处也没有。

《天使之城》里天使受难,死去,又重生,可是他最终变成了一个人,他最爱的女人在安排下死去,他在水里,他笑了。我不明白,他笑什么,我有很多东西都不明白,我努力地想过了,我还是不明白,但是我知道事实,这个堕落的时代还要持续下去,还要持续下去。

② 我在深夜里尖叫

我欺骗他,却把罪给他。

以前我总是在黑暗来临的时候才恐惧,可是现在,我一闭上眼睛就恐惧极了。在黑暗中。如果我一直这么堕落下去,我就会永远都看不到光,永远都在黑暗中,我知道那是很恐惧的,还有无止境的痛苦,可我还是堕落下去。

我在夜深的时候洗澡,我闭上眼睛,我马上就感受到了恐惧,我开始尖叫,但尖叫也是无意义的。我对自己解释说,你闭上眼睛,恶会来,你不闭上眼睛,恶还是会来,所以,无论我闭不闭眼,恶都会来。

小时候我认为恶是一个固体,长得很丑陋,而且无所不能,到现在我才知道,恶其实是从心里来的,它有很多碎片,分散在每个人的身体里,很多时候人都被它控制住了。

我尖叫了,因为恶从心里出来了,包围了我,它使我变得不快乐,邪恶，攻击性，伤害别人，又伤害自己。即使水都进到我的眼睛里，让我疼痛，我也要睁大眼睛，不知道为什么，我一看到亮光，就会安静。

很多时候我无法选择，因为我听见两个女人在争吵，一个很奴性，热爱利欲；另一个的脸总是离我很远，我看不见她，但她让我知罪，却宽容我所做的，可是我很茫然，我等待她们有个结果，可是她们争吵了二十年了，还没有结束。

③ 上帝的孩子都有枪

很多时候并不是爱，只是互相安慰。

我在夜晚听音乐，十一点钟的时候，他们播放了布宜诺斯艾利斯的探戈，说的是一个放荡的女子，失去了少女的小辫，又没有女人的快乐。有一个男人的声音。他说，哎啊，米隆加。

我想起了两个相爱的男子，他们的故事就发生在布宜诺斯艾利斯，那真是一个放荡的城市。

我在等待男人的电话，我等待他们说，爱你啊。我不管那是一个什么男人，他说，睡去吧，好好的。我就会去睡，我从不管他是谁，即使男人每天都在变换着，即使那爱还是假的。

我的朋友，她也许在十年前就应该死了，可她到现在还活着。我很怕她死去，在睡梦中，我怕她睡着了就再也醒不来，我怕极了。我很孤单。

我们住在一起的时候,她说,我睡不着,所以我每天都要听着鼓点睡着,那些有规律的节奏,像我心跳的声音。我看着她的样子,她说过,有一天我醒来,我发现我变成了另一个女人,我看她的样子,其实,每天醒来,她都变成了另外一个女人。

每天我下班,我总要路过一片色情场,那些店很类似,紫色的灯光,门面和女人的脸都模糊着,我看得见那些女人们,她们很胖,妆很浓,她们生意清淡,她们互相仇恨,她们有竞争。我穿着保守的衣裳走过去,我看她们,她们看我,各自生出一些奇怪的恨来。但是又有什么不同呢?她们用身体取悦男人,我用文章取悦男人。

张爱玲说,上等妇女,有着太多的闲空与太少的男子,因之往往幻想妓女的生活为浪漫的,那样的女人大约要被卖到三等窑子里去才知道其中的甘苦。

④ 身体和爱的关系

要么是爱，要么不是。淡的爱根本就不是爱。

每天下午和我妈一起看音乐电视，那些歌每一首都要唱，爱你啊你爱啊我爱啊爱我啊。我妈说，真是奇怪，一天到晚爱啊爱的。

我说，这是现在的趋势嘛，越没有的东西才越想着要有。

我妈说，真正有爱的人可从来都不说爱的。

我说，是啊是啊，就像您和我爸，那么经典的爱，真是以后也不会有啦。

我知道，真正生活在爱中的人是从来都不说爱的，可是我不太相信这个，我以为我看陈果和《香港制造》会感动，可是我看完了，我发现他要讲的是成长，不是爱情。我看王家卫，可是我把《堕落天使》《春光乍泄》什么的都搞混啦，我发现他们与我们有非常相同的问题，就是我们总免不了要自我重复。人物是不同的，语言是不同的，却还是重复着，重复着。后来我在凌晨一点看周星驰和《月光宝盒》，我看到周星驰说"爱你一万年"，我就在沙发上哭出来了，我哭得一塌糊涂，我觉得我很丢脸，我看周星驰的电影，我哭了，我真是丢脸。

我有一个朋友，她生活在罪恶中。因为她有很多问题，最重要的问题就是她没有爱。不是不爱什么人，而是根本就没有爱。可是她却与不爱的男人做爱，她解释说，她被欲望战胜了，她被诱惑了，于是那个做爱的女人不是她，是她心里面的恶。而那个男人却误认为她爱他，他深陷其中，所以她觉得还是伤害了他，觉得有罪。

我无法解释这些问题。我给我的朋友写信，我说，你没有投入到爱情中去，所以你不会明白身体和爱情的关系。这样吧，如果你爱，你去爱，如果你从来都是不爱，或者是已经不爱了，就不必要再爱下去了。总之，不要用"爱"这个字来欺骗你们和我们，你自己知道你在做什么，你也非常清楚你该做些什么好，你又是这么聪明的。

我的朋友说，不管怎么样，我都是有罪的。

我说，那我就不懂你的意思啦，如果没有爱，与他做爱就是有罪的，若是有爱，与他做爱也是有罪的，因为你不想要结婚。我不懂，我只相信你是没有爱的，却去做爱，是因为肉体和魔鬼引诱了你，你沉迷在欲望中，可这迷恋也只是一时的。爱，再想想，还是没有的。偶尔的郁闷，也多是出于曾做过爱的原因，那种全不是爱的东西。

我的朋友说，我希望他忘掉我。我要求他恨我，可是他说他不恨，我要求他爱我，可是他说他不爱，他说要我怎么恨你和爱你呢，我真是一头雾水。

我说，那我就懂啦，你碰上同道中人了，你们谁也不爱什么人，你们都根本就没有爱。

我的朋友说，那我就开始痛苦了，你明不明白你明不明白？你明白什么是痛苦吧。

我说，我的痛苦比你少吗？你的神救你，我自己救自己。我把自己弄疯了。

我的朋友说，不管怎么样，我还是有罪的。

我说，这样吧，你要相信，你与任何一个什么人做爱的时候，你是爱他的，虽然只是一瞬间。好了吧。

⑤ 一直单身下去的理由

王菲说的，香烟也不再香，单人床，也没有什么欲望。

有些事情是从一开始就知道结果的，就像我的第一次恋爱。我曾经有过无数次恋爱，每一次我都希望这是最后一次了，我迫切地想做一个坏男人的最后一个女人。可是每一次都会结束，很快，我从来就没有耐心重复我做过的事情，尤其是恋爱，所有的恋爱都只是在幸福中痛苦，或者在痛苦中幸福，我有什么必要让自己一而再再而三地幸福或痛苦呢？我不想做坏男人的女人，不想做好男人的女人，不想做第一个女人，也不想做最后一个女人，我什么都不想。而且要去分辨一个男人的好坏，根本就没有道理。于是我现在的恋爱，连结果也没有了。

我的朋友们都认为我十四岁时候的那个电台主播是我的初恋情人，那些认为显然是错了。那是八年前的一件事情，那时候我真的还是一个孩子，我从早到晚地欺骗他，心安理得，于是那不是爱，真实的状况是，如果我爱那个男人，我会尽量克制住不去欺骗他，也许很偶尔地，我说些谎，我解释那是一种轻度的精神病，很多时候我无法分辨什么是真的，什么是假的，有时候幻想中的东西会跳出来，变成真的，把我自己都骗过去了。也许要过了二十五岁，我才能够解释，我为什么要欺骗。

　　我曾经用一天的时间来思考我写作的理由，活下去的理由，我显然是有些走火入魔了，当我思考到最后，回到什么都毫无理由的时候，我停止。在我还很小的时候，恋爱，婚姻，生活，一切都没有开始的时候，我就已经思考过了，我为什么要活着，这个问题折磨了我很久，直到我父母站出来解释，他们说，就像你出生和死去都无法选择一样，你活着，因为你必须成为我们的精神支柱，没有你这个孩子，他们说，我们会孤独，会觉得没有意义，于是我们决定要生下你。我们从不怕自己死去，可是我们怕你死去。那真是非常残酷的，在我还很小的时候，我父母就对我说，我们怕你死去。我的局限在于我有最爱我的父母，他们为了要我活着，把精神支柱拿出来做理由。可我在很长的一段时间内都恶毒地认为，生孩子是一种自娱自乐，是违背自己必须死去，是想让自己生命延续，可是生过孩子就会知道，什么都理解错了。于是我不去想孩子，不去想婚姻，不去想恋爱，到最后，爱情只是在我无法选择的生活中，自个儿找的一点乐趣。

　　原因在我，从一开始我就是绝望的，我曾经妄想爱情能改变我，我哭了，笑了，我快乐，我堕落，我思念，仇恨，焦灼，充满欲望，我想彻底死去，可我错了，我看待生命都是绝望的，我还想怎么样呢？我的苦闷不是没有人爱我，而是我什么人都不爱，即使强迫自己去爱，还是不爱。所以我真不知道以后要怎么过了。

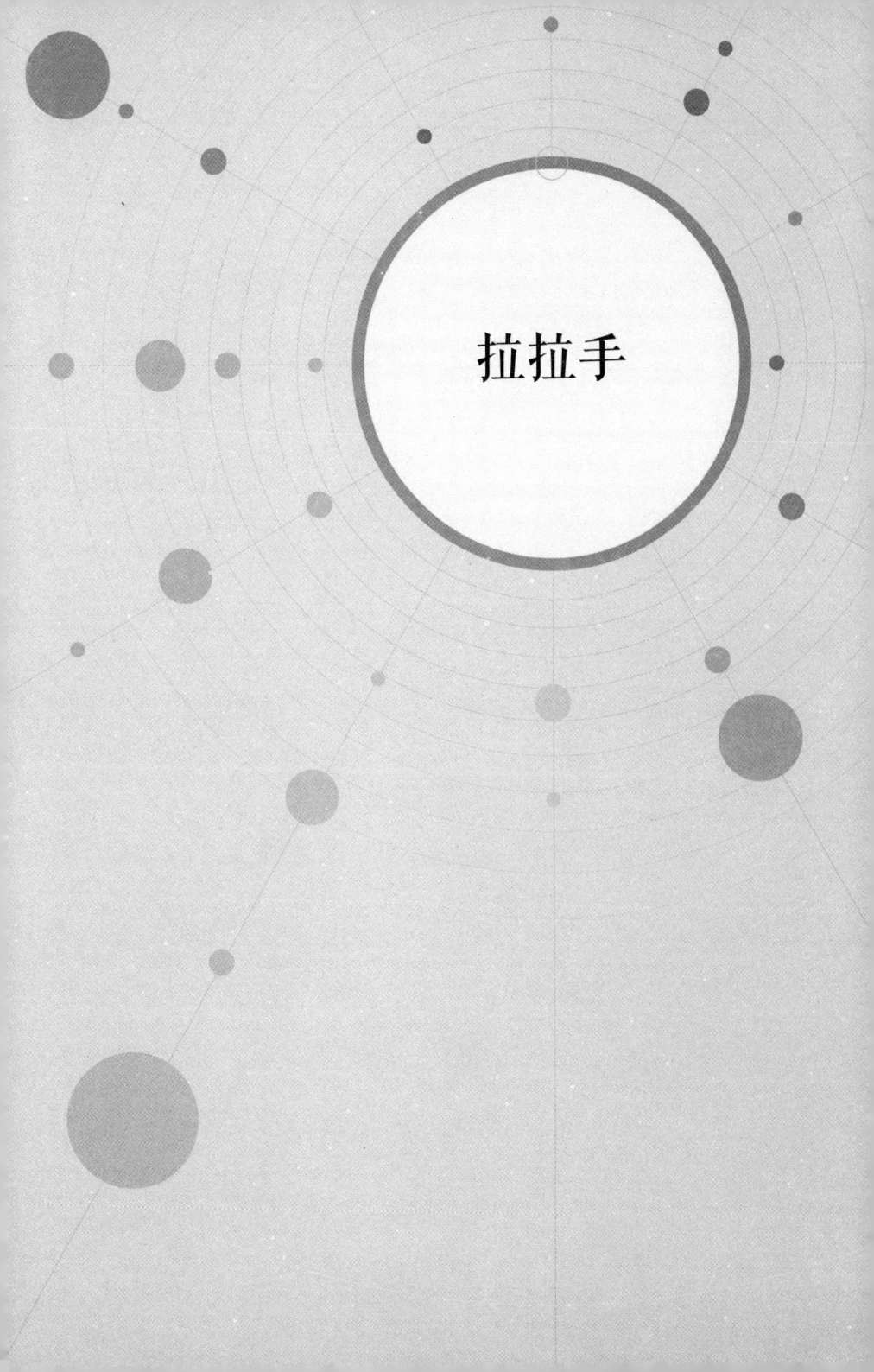

拉拉手

1 乔安的棒棒糖

我至今无法忘怀
在台北的日子
我坐在车上吃棒棒糖
后来睡着了
那支棒棒糖却不见了

我还记得旅店窗外的
那只蜜蜂
翅膀沾满了闪亮的金粉
它柔软而圆的肚子

还记得在海边的麦当劳
墙壁都涂满了
贝壳与海浪
仿佛在沙滩上

我还在想着
那支棒棒糖的下落
是否在台北
某个专属于糖果的地方

② 冻咖啡

她喝不了咖啡，一口就叫她血都涌上头，心跳得不能停。

他说醉咖啡的感觉是什么样的？她说好像醉槟榔。

他说醉槟榔的感觉是什么样的？她说好像第一次见到你。

他们分手以后，她才开始去咖啡店，从拿铁开始，到最后一杯Solo，还是血涌上头，心跳得不能停。

她没有哭。

一夜情的开始，她其实也没有长长久久的奢望，跟他在一起的每一天，都是挣来的。

总是去想那些亲吻和拥抱，没有哭出来，却好多眼泪。

她在他那里还有一只耳环，他们曾经互相写字条，她写过"亲爱的"，他写过"我爱你"，那些字条被忘在酒店的房间里，他说算了，不拿了。她不敢问他那只耳环，她怕他说算了，随手扔掉了。

她去了屏东。

恒春镇的路，一边是山，一边是海，一切都太美好了，她都看不到，想着他一下一下抚摸她的手臂，像是怕失去她，又真的丢掉了她。

过了万里桐,路边一间小小的农场,停了下来。白色花朵的小树,茉莉的香气,却是咖啡的树,只开三天花的咖啡树。农场的女孩邀请她摸一下生咖啡豆,潮湿的,有点绿色的新豆。

只是停一下的,却停了一个下午。

五分之四巴西,五分之一哥伦比亚,深焙豆子,磨成粉,注入冷水,慢慢地搅拌,越久越苦,越来越苦。咖啡粉膨胀的间隙,她到旁边的香草园,坐在柠檬草和百里香里面,忍不住地难过,无边无际的难过。

再搅拌一次,滤过的咖啡,加入冰块。不能喝咖啡的女人,亲手做一瓶冰咖啡。

她带着这瓶咖啡继续去往南边,南边的南边,会不会晴朗。

经过南湾,望得见核电厂的冷却塔,两座巨大的灰色圆柱,海水都是温的,海滩上的小孩和狗,夕阳落入了大海,她想的全是海怎么会说话风怎么爱上沙。

已经是最南,长长的长长的栈道,海蓝成三个颜色。

和他在一起的日子好像都是有颜色的,眼睛是亮的,贝壳是紫色的。

他爱我吗?

不爱。

他爱过我吗?

有意思吗?

她坐了下来,面朝大海,国境之南,星空下的第一口冰咖啡,空荡荡的手指。她放声大哭了起来。

③ 炒青菜

她第一次去广州的时候,广州的地铁还很新。他带她看了地铁站,他带她看黄昏的市民广场,年轻小夫妇牵着孩子,他说这可真幸福。于是,她以为幸福就是这样。

她小学的时候有过一个广州的笔友,她的笔友寄给她丝做的手环,还有一张照片,那是冬天,她的笔友穿着裙子,背景是很多很多花。

她们的通信一直延续到二十岁,在广州见面。她的笔友和照片上的样子一样,可是和她十几年的想象都不一样。从小学到大学,她的笔友经历过的爱恨情仇,都仔细地讲给她听,她是她千里之外的姐妹。可是面对着面,她的笔友从来没有这么陌生过。

她说你的彼得呢?你要跟他去香港的。

她的笔友说她不记得她讲过什么彼得了。

她说这十几年的信我都保存着,连信封都好好的,每一封信我都是好好地读的。我又是这么盼着你的信,日日等着邮差来。

你的信叫我活下去,她说。

她的笔友笑了一下。

她说等下要去买点青菜,如果旁边有什么街市的话。

她的笔友说,你要来广州结婚吗?

她说,我不会结婚的。她停了一下,她说,我说过的结婚可能不是真的。

她的笔友说,好吧,你去买菜吧。

她们互相拥抱,说再见。

她没有去买青菜,他买了青菜又炒了青菜。炎热的夏天,他的背上全是汗。

她喝到的第一口凉茶,在广州,甘蔗水的颜色,盛在高脚杯里。他们说不是甘蔗是雪梨,川贝雪梨。

他带她去见朋友,只有一次,于是她到底是他的爱人,一次。无论后来发生什么,他仍然是那个站在广州街头的电话亭打电话打到一分钱都没有了的爱过她的人。

这样的爱,超过一次就太多了。

她在鸿福堂买了好几年川贝雪梨海底椰,有一天店员说,你要试试苹果雪梨吗?她说,好喝吗?店员说,好喝呀。她说,还是川贝雪梨海底椰吧,热的。

这就是她与广州全部的牵绊。

她与深圳的联系还多一些。

她小学的时候有过一个同桌，长得很好。她的同桌说她将来一定要有一个像她家那样的浴缸。有一天同桌拿了美院姐姐的小塑像跟她交换自动铅笔，同桌说喜欢所有的好东西，心里想要就一直想要。同桌第二天就后悔，要她还塑像给她，同学们都叫她还给她，她发现换回来的自动铅笔已经坏了，但是说不出来。

她回家过春节的时候接到了同桌的电话，同桌说，你家的电话号码二十年都不变的啊？同桌说，你们冬天冷吧？同桌说她现在在深圳了，深圳不冷。同桌说老公是香港人，有钱，又爱她，又爱她，又有钱。

她后来坐在深圳，一个人吃饭的时候，总疑心一抬头就见到她，即使隔了二十年，她都不会忘记她的脸，可是她再也没有见过她，深圳这么大。

深圳是他们说的，实现梦想的地方。不是广州。广州端庄，骨架大，风情万种，深圳就是一个放大了的深圳机场，富丽堂皇，吓死所有的密集恐慌症患者。

会说广州话的男人，她只认得一个，面目模糊了，只记得他高大，张牙舞爪的女人都围绕着她，于是他看女人们都没有表情。天全黑了，她远远地望见他同一个女人走在海边。她睡了一觉醒来，他们还在海滩上说话。他们都说些什么呢？她一直放不下地想知道。

她想那就是广州男人的样子。

后来她在香港又遇见一个会说广州话的男人,香港人人说广州话,可是她只认得他一个。

她说完一句话,他要想一想才能答,他说的话,她多数听不懂,她只是看着他的眼睛,诚实的好眼睛。

《深夜食堂》里片桐把戒指藏在神龛八年,全都交托给神明。若是错过,只好错过。神又安排他再见爱人,她已为人妻,活得庸常。他说一起离开,重新生活。雪落下来,她脱了围裙开了门,他等在门外,戒指和机票。

老板说,你的人生不是只有你自己。

她已站在门外,说,我的人生就是我的。

若是只到这里,相爱的男女,就能在一起。

可是没能只到这里,丈夫和小孩替她庆贺生日,又老了一岁,她就关了门。她的人生果真不是只有她自己。

片桐慢慢地走过食堂,薄雪的地,窄巷,两级石阶,孤独地走掉。红色围巾白色和服,那双木屐,伤感到死。

算命师傅说,因为前世伤害他人,现世就会为了追寻自己的心而漂泊。

她只认得一个香港男人,他的长相,就是这么一个确切的片桐。

那些自己炒的青菜很好吃，那些他给过的幸福。

她离开广州的时候，在一家小店吃煲仔饭，好吃的煲仔饭，吃到吃不下，他说为什么还要吃。因为她的眼睛里全是眼泪。

有的男人因为女人的低抛弃她。可是抛弃也是相互的，耀眼过的女人，怎么会低得下去。

她发现他有左右逢源的根，就放了手。他以后的风生水起，都与她没有关系了。

她没有再去广州，香港这么近，她都没有再去过。

白云山的尽头不过是一根水泥柱，绑满了锁，锁情锁爱，日晒雨淋，锁全锈了。

④ 凉茶

有一种说法是，凉茶太凉了，不合适女的喝。

但是吃了煎炸的东西，也就是香港人讲的热气的东西，不喝凉茶怎么办呢？所以就不吃啰，她们说。她们只要了粥和白灼西生菜，所有的点心都是蒸的，她们还会要猪脚姜，喝那里面的醋，又不是产妇为什么要吃猪脚姜呢，我看她们也并不缺少什么。我反正要吃春卷，油炸的热气的东西，最多饮完茶再去鸿福堂买一支凉茶。

街头一碗一碗的二十四味我是不会去喝的，黑黑浓浓的，看起来很惊悚。站在柜台前面，仰着头一气灌下，白碗放回柜台，倒像是饮了一碗烈酒，那是女汉子才干得出来的事情，我只有内心是女汉子的。

凉茶我要温热的，有时候就得站在鸿福堂的柜台外面等着她们加热，就是在夏天，我也是要热的。已经是凉茶了，更不能喝冻的，我是这么对自己说的。我的年纪也由不得我任性了。

热的川贝雪梨没有了呢。她们往往会这么说，但是有一支热的苹果雪梨要不要？还甜一点呢。

我说，我可以等，川贝雪梨，谢谢。

第一次喝川贝雪梨，在广州。那个时候的男朋友带我去他朋友们的晚餐，第一次也是唯一的一次，向他们介绍我是他的女朋友。因为这一次的承认，我怎么都不忍心再说他一句坏话。

喝起来像甘蔗水，盛在高脚杯里，他说是凉茶，川贝雪梨。

第一次喝凉茶，那样的滋味，所以一直记到现在。

后来去了美国，第一个月就得了感冒，要在中国，喝水就好，在美国却变成超级病毒，痛苦到可以去死了。不想去急诊，看医生又要预约，拖了一天，第二天直接昏倒了，醒来的时候已经是黄昏，依稀听到有人敲门，挣扎着从地板上爬起来去开门。邻居贝蒂说从厨房的窗外看到我在地上，就跑过来敲门。我说，我没事的，我现在上床去睡一会儿就好。她倒要哭了。她说，你得吃药。我说不吃药。她跑回家拿来一盒幸福牌伤风素，逼着我吃下去。贝蒂是香港人，我们之前都不太熟。那个晚上，却成为了我最幸福的一个晚上。到了早上，贝蒂又端来一盆南北杏雪梨水，真的，一盆。煲的时间不够，贝蒂说，但是你快喝吧，会好起来。那盆雪梨水，是我喝过的最好喝的凉茶，已经过去二十年了吧，我仍然记得好清楚。

后来我搬到了香港生活，总会买很多很多幸福牌伤风素，送给每一个我爱的人。真的爱是让你变好，对爱不再卑微。我觉得我已经找到真的爱了。

⑤ 煲仔饭

我在纽约的时候认识了一个女孩,住在布鲁克林,比我早十年到了美国。但是因为还有在中国的十年,她还可以说很好的中文,而且她说英文的口音也比我好太多了。

我们有时候在她家的院子里烤牛排,有时候她开车去中国城买煲仔饭外卖回来。那是我第一次看到外卖还带煲的。

你要把煲还回去吗?我说。

不用了吧,她答。

那这个煲用来做什么呢?我说。

什么都可以煲的吧,她答。

实际上她从来没有用那些煲在家里煲过什么。她的丈夫和我一样,比她晚十年才到美国,可是一切都比她更美国了。

这个女孩,是我在美国认识的所有女孩中,最打动我的,我也说不上来是为什么。我们一起去餐馆,她给服务生的小费总是最多的,百分之二十五那样，那个时候她已经因为怀孕休息在家里，没有一分钱的收入。我直接地问她，为什么？百分之二十已经很不错了，还有人给百分之十的呢。她说，我高中的时候打过服务生的零工啊，我们所有的收入都要依赖客人的小费。她说这些话的时候有点不好意思，她说，所以我现在总要给多一点，对我们来说已经不是那么要紧的几块钱，对他们来说好重要的。

她肯定影响了我。后来我去新泽西的一间川菜馆吃饭，车都开上高速路了，才想起来，小费没给，信用卡的签账小费那一栏，没有签，恍着神地离开，也没有顾得上看服务生的脸。要不要回去呢？我纠结了一下。反正下周还会再去的。我对自己说，现在再回去的话又要掉头。这么想着，还是掉了头，回去了餐馆。向服务生说明补回小费的时候他好惊讶的脸，他说他都没有注意到，但是我注意到他好像笑了一下，我再离开的时候终于也安心了。

纽约也有一间出了名的大四川，好像在第九街，去过几次，并不觉得特别好吃。他们说大四川的女服务员出国前是歌舞团的，很漂亮很漂亮，我也并不觉得她漂亮，身形依稀还有跳过舞的样子，走来走去都轻轻地，像一朵小小的花。

直到有一次吃完饭出来都走到下一条街了，看见她从餐馆里追了出来，很长的腿，跑得飞快。我们远远地看着她追上了一个刚出门的客人，叉着腰站到他的前面，很大声地说着什么，隔得远，我也看不分明，只是觉得她看起来太生气了，指手划脚的，跳过舞的手和脚，生起气来也不是那么优美了。我们中间的人就说，一定是小费给少了，才会这么追出来。为了小费就要这么追吗？我说，太难看了吧，还追到大街上。就是为了小费才要这么追啊，我们中间的人说。

我认识的布鲁克林的女孩生了宝宝很快又回去工作了，新泽西一间非常遥远的药品公司，光是开车上班的路，来回就是四个小时。我说你可以再休息一段时间吗？太辛苦了呀。她说没办法啊，不上不行啊。她的眼睛很黑很大，说这些话的时候她还是会有点不好意思，她的头埋下去，我的眼泪就掉了下来。

我一个人去中国城找她买过外卖的那间煲仔饭店，很偏的一条小街，很小的一间店，放不下几张桌子，很多人只是跑来买了外卖就离开，那些煲仔饭和煲一起被带走了。

我坐下来要了一个腊味煲仔饭。

上一次吃煲仔饭还是在广州，那个时候的男朋友带去的一间煲仔饭店，他说这家的煲仔饭最好吃，他经常会来吃。果然是很好吃，吃到吃不下去还要一口一口地吃。他说，都吃不下了为什么还要吃？只是大口大口地吃，眼泪一颗一颗掉进煲仔饭里，一边掉，一边吃。这一次的离别，是永远。

吃完了煲仔饭，付了现金，走到街上，已经在中国城的最边上，要横穿整个中国城，去搭地铁。煲仔饭店的服务员追了出来，讥讽的脸，百分之十五？你好意思的哦？

旁边围了一圈人，都是华人，年老的华人，年轻的华人。

你算清楚好不好？我说，明明是百分之二十五还要多。

她怔了一下，脸色就尴尬了。仍然很强硬地说，算了算了不跟你计较！甩着手自己走了。

我在原地站了一下，人散得差不多了，我也继续地往前走了。这样的事情，已经不会再让我哭了。

我后来搬到了香港，离广州很近，可是很少再去，煲仔饭，更是再也没有吃过了。

6 姜葱鸡和素丸子

我不是素食者,但是我不会在家里做有肉的菜。生的肉或者鱼蟹,摸上去的感觉很坏。我妈妈就很会做菜,可以这么说,要是她高兴,她是可以写一本菜谱的,但是她不高兴,她做菜用的感觉和经验,这种东西很难记录下来。

就是在最糟糕的地方,比如新港,与纽约城隔了一条哈得森河的新港,如果我爸爸没有在那个星期坐 Path 去城里买东西,我们就得在家门口随便买点什么。我爸爸还找得到中国城边上的墨西哥小店,我可找不到,我连中国城在哪儿都不是很清楚。

那些菜又不比中国店里的差,我爸爸总是这么说,那个黑黑胖胖的墨西哥伙计,每次还会用中文跟我打招呼呢,嘿,您来啦。

如果我父母在美国,我都不用进厨房,我妈妈每天都做好多好吃的,我根本就意识不到我们在美国。

可是我爸妈不是一直住在美国的,我和我的朋友们,很多人都得自己照顾自己。照顾好了自己，才算是做好了结婚的准备，可以去照顾好自己的家庭。

我还住在加州的时候认识了一个北京的女孩杨，我在已经不写了的 2002 年写过一个创作谈《八月》，提到过这个女孩。

"我无法爱上我在美国的生活。我流了很多眼泪，可是用那么多的眼泪换心的平静，很值得。我曾经对我的神说，我愿意用我写作的才能换取一场真正的爱情，我身无长物，我最珍贵的，只是写作的能力了。然后真正的爱情发生了。这也是值得的，我从来就没有后悔过。我说给杨听，她说她相信，因为她在雍和宫许过一个愿，她说，我已经二十五岁了，请给我一个好丈夫吧。现在她已经要做母亲了，她果真找到了一个好丈夫。我不知道她许愿的时候承诺了什么，我看见过很多还愿的人，他们给神像送去香料和油。可是神并不需要人拿什么东西去承诺吧。"

我认识杨的时候，她就已经怀孕了。她和她肚子里的宝宝一起来到美国，这样的事情对于我来说好像神话一样。

我看着她的肚子一天一天地大起来，我总觉得她会有生活上的不便，但是好像没有，除了她不能像我那样，踩着单排轮来来去去，对，我那个时候是用滑轮鞋做交通工具的，那双鞋是一个礼物，我也许在别的文章里写到过。她只是穿着布面的平底鞋，专心地散她的步。

很快就到了她的预产期，可是她的丈夫要出一个差，三两天，不得不去。我好怕她在她丈夫出差的期间生产，那就得我们开车送她去医院，听起来好害怕。

　　这么想着，就走过去看看她。她家和我家很近，走着去就好。

　　她正在做素丸子，肚子很大了，所以她总要一手叉着她的后腰。她穿着一条直筒裙，粉红色的，上面绣着一只小小的熊。一个小小的油锅，火也开得小小的，丸子放入去炸，还是"滋滋"地浮上油面。

　　素丸子是什么啊？我是这么问的。

　　就是胡萝卜啊，加上面粉，滚成圆子。她是这么答的。

　　我的朋友们都是这么对待我的，因为我好像是出了名的什么都不会做。如果开派对，每个人都得出一个十人份的菜的那种派对，我就会把Costco买的冷冻鸡翅烤一烤，而且每次都是Buffalo口味的。

　　我有一天去看一个朋友，她正在捡青菜，我就帮了一把手，然后我发现她把我已经扔掉的菜叶又捡了回去。

　　黄了哎。我说，怎么还捡回去？

　　有点点黄的菜叶也是可以吃的。她有点点生气地说，你还是站旁边一下好了，我自己搞定。

　　然后我看着她开始炒青菜，可是她在油里先放了一点姜。

　　我就说，你炒青菜为什么要放姜呢。

　　她说，好吧。她就什么都没有说地开始炒她的青菜。那些姜果然混在青菜叶里，都看不见了。

　　我看了好半天杨炸素丸子，炸好的丸子放在一个大圆碗里，看起来真是太好吃了，杨就请我吃了一颗，果真是太好吃了。

回家以后，我翻了一翻冰箱，除了半袋冷冻鸡翅，还有一只小小的真空包装的生鲜鸡，我不买肉的，这些都是我爸爸妈妈回中国前买的，Costco 的份量，鸡翅都是两磅装的，鸡都是三个一包的。

　　我妈妈做这种鸡都是用水煮，对，水煮，也许水里会放一些姜和酒什么的，我不知道，我只知道鸡只是在滚水里待了一会儿就会被捞上来，切成块，似乎还看得到血丝。我说好恶心，反正我不吃。我妈妈说白切鸡就是这样的，鸡肯定是熟了的，血也不是血，我说，反正我不吃。

　　我知道这是一种海南鸡的做法，我年轻时候去海南开一个什么会，和一个著名的食评家坐在一桌，我发现他夹什么，别人就跟着他夹什么。可是他几乎不吃什么，只是一碗鸡饭，吃得兴致勃勃。我远远地看着他，就是一碗颜色有点暗的白米饭，真不知道有什么好吃的。我还是尝了一口，海南鸡饭，反正每人都有一碗，反正他们也都不吃。我才发现，果真是太好吃了，看起来什么都没有的饭，其实什么都有。后来有一个人说我的小说也是这样的，看起来什么都没说，实际上什么都说了。我觉得他是不是把我当作了他的海南鸡饭。搭配海南鸡的有三种酱料，三种颜色，但是没有一种是我喜欢的，我妈妈做白切鸡的作料是用蒜蓉和葱碎，一点点盐，浇上热油。就好了。

　　这么想着，我就用这一只鸡，做了一只我妈妈版本的白切鸡，然后又做好了我妈妈版本的酱料。

　　趁着锅还热着，我就套上烤箱手套，端着锅出了门。

出了门，穿过草地，还跟一个路过的同学打了个招呼，就到了杨的家门口。

杨开了门，很惊讶。

我说，我做的白切鸡哦。一定要在冰箱放凉了再切块吃，而且吃的时候一定要蘸我做的作料。

鸡汁冻还可以用来煮饭，我又补了一句。

杨说，谢谢啊，谢谢。

我说，你要生了吗？

她说，还没有动静。

我说，如果有动静一定要打电话给我，半夜三更都要打。

她说，好的，她说她先生明天就回来了。

要不是端着锅，我就要给她一个拥抱了。我说了一句，你好好的。

晚上她没有打来电话，然后她丈夫就出差回来了，隔了几天她就生了宝宝了，我们都去看了她，她的宝宝真是太可爱了。然后，她把宝宝送回了国，读完了硕士，不到两年，而且是在斯坦福，我可以肯定，这是绝无仅有的。

然后她丈夫也念完了博士，他们就搬走了。她找到了工作，把宝宝接回身边，买了大房子。这是她在电话里告诉我的。我说，祝贺你呀，你太强大了。

她说她送宝宝回国的时候还是哭了三天三夜的。我说，别哭，一切都好起来了嘛。

她说，再接宝宝回来的时候他都不认得爸爸妈妈了呢。我说，过去了，我们都好起来。

你知道吗？她停了一下，说，你做的姜葱鸡。

我很快地在脑子里回旋了一下，姜葱鸡？哦，我说，我就做过那么一回。

那是全世界最好吃最好吃的菜。她说，我永远都不会忘记的。

我捧着电话，不知道说什么好。实际上我就要回中国了，我不确定我和我美国的朋友们以后是否还能再见。尤其这种搬家搬到中部，冬天都会下大雪的那些州的朋友。我也知道，他们离开的时候，我就失去了他们。

已经是我住在香港的第七年，杨在脸书上找到了我。她说她夏天来香港，我们终于可以再见。

去见她的路上，我一直在想，我带什么礼物给她呢？她好像在朋友圈说过，出国二十年都没有吃过好吃的荔枝，中国城的荔枝都像是二十年前的。这么想着，我就在大围下了车，去了街市，买了一扎荔枝。荔枝装在红色的塑胶袋里，拎在手里，看起来真不是特别体面的礼物。

港铁到旺角东，我看见一个光头男人手里也拎着一只装了荔枝的红色塑胶袋，跟我一起出了站，而且他的头上还顶了一本书。我说的都是真的。一个光头的男人，手里拎着荔枝，头上顶着一本书，而且那本书还没有掉下来。

我和杨见了面居然没有拥抱，可能是酒店大堂的人太多，也可能是我们一直都很羞涩。两个中年妇女,隔着十厘米,只是面对着面微笑。

我知道杨又会提那只葱姜鸡,我就先说了,你做的素丸子,真好吃啊。

她笑着说,只是普通的素丸子啦。

我说,可是我后来再也没有吃到过。

她说,香港不是全世界的美食天堂嘛。

我说,是啊香港是美食天堂,可是没有素丸子啊,你做的素丸子。

她就哈哈大笑起来。

杨回美国后跟我说,荔枝太好吃了,她都没等到回美国就把它们都吃光了。

可是你做的葱姜鸡仍然是我吃过的全世界最好吃的食物。她说,绝无仅有的,永远的。

我想起来我2002年的那个创作谈,最后一句是这样的,我又会开始写的,因为神从来就不会夺走什么,神给了我写作的才能,也给我爱。

⑦ 土豆沙拉

土豆有好多种，但是我只知道两种，一种是中国土豆，用来做炒土豆丝，那个丝特别细特别长，怎么切出来的，我不知道，反正我切不出来。一种是美国土豆，用来做土豆沙拉。

中国土豆的质地是硬的，所以做成菜还是脆的，美国土豆一入滚水就会软掉，软成土豆泥。我妈妈手写的菜谱会用到蛋黄酱和苹果粒，但我只往土豆泥里放牛奶和起司，一点点盐和胡椒，做成我的版本的土豆沙拉。

我在香港没有做过土豆沙拉，有一天在惠康的网站上看到有卖美国焗薯，就买了一袋，焗，就是香港人说的烤的意思。我妈妈也会烤土豆，用的一种小小的土豆，只加橄榄油和椒盐，叫做烤扁土豆。我后来查了一下，真正的烤扁土豆是用蒸的，再敲扁了油拌，或者加水煮，捞出来敲扁，油煎。总之是要敲扁，完全不关烤的事，那为什么要叫烤扁土豆呢？或者这个烤其实是敲的意思，我的家乡话，烤和敲的发音是一样的。但我妈妈真的会用小小的烤炉来烤小小的土豆，油和盐，最多一把葱花。怎么那么好吃呢？

　　一个星期以后，我收到订货，一袋真正的美国土豆，深褐色，巨大。我马上想起来了我在美国的生活，我与土豆打过的交道。那些回忆并不是那么美好的。

　　我马上做了一下土豆沙拉，浓郁，雪白，像一座真正的雪山，木勺子插在上面都不会倒下来。

　　我想起来住加州的时候认识一个韩国姐姐，上的旧金山一间厨艺学校，学费贵到死，她还不会开车，去旧金山一个小时，都是她先生载她过去。

　　乐趣啊。她说，就是有趣。

　　我们那个时候是什么样的？我们都在读计算机啊读统计啊，我们要拿学位啊，我们要找工作啊，我们要在美国活下去，我们经常会觉得我们的日子一点乐趣都没有。

　　我那个时候还有一个语言拍档，刚刚到美国的时候，国际学生中心派给我的。南美裔的老太太，住在柏拉阿图城的大房子里。我没有车，每次都是她来学校找我，开着一辆亮黑的车。我不认得车，我一直不认得车，后来我住到新泽西，楼下的印度邻居开一辆林肯车，开了三十年，比我的年纪还大，我就只认得林肯车。我不认得车但是知道那是一辆很贵的车，我也不认得房子，但是知道那是一个很贵的房子。我不说什么。我坐在她的摆满了很贵的东西的很贵的房子里，我只是坐着,我什么都不想说,我也不想跟学校说,我并不需要这么一个拍档,我自己也可以适应美国。有一天她带我逛了星期天的市集,她总是精心安排每一次见面,有时候带我去玫瑰园,有时候带我去她画中国画的地方画画,有时候她得因为什么事情取消会面,但她会补回我,请我去城里唯一的一间中国茶楼饮茶。她真的以为我很想家很想家,可是我并不是那么想家,我想的全是我的将来,我怎么办。那天她带我逛市集,全是卖手制品的小摊,还有一支爵士乐队,他们都很老了,但是很努力地表演,每个人都为他们鼓掌,我也只好鼓掌,但我知道我的心太冷淡了。她坚持买了一张他们的 CD 送给我,她当然是要支持他们,也是要支持我。我一直都不快乐,已经是在美国的第二年,我每一天都不快乐。人群散去,我忍不住地说,我羡慕你。她停在街中心,看了我一眼,很深很深的一眼。我马上就后悔了。我一直都是什么都不说的。我在中国的生活告诉我,什么都不说是最好的。

你的未来会很好的,她说。

才不会。我嘟哝了一句。

会的。她说,一定会的。

我刚刚到美国的时候一无所有。她说,真正的一无所有。

我看着她,她从来没有说过她的过去。

我是从洪都拉斯来的。她说,你知道那个地方吗?

我摇头。

她笑了一笑,说,我从洪都拉斯来到美国。我什么都没有,可是我年轻啊，我努力工作，抚养我的小孩长大，还有我的丈夫，他到现在还在工作，你是不是从来没有见过他？他一直在工作啊，经常还要加班。

我说，可是你们已经不需要工作了啊。

她说是啊，可是工作已经是他的习惯。他努力工作，给我更好的生活。我不用工作了但我还是想做点什么，我就去了你们学校登记做志愿者，帮到人。

她从来没有给我说过这些，她后来也没有再讲过这些事。

但我一直记得她说的，你的未来会很好的。

我后来搬到了香港，有了一间小小的房子，一个努力工作的丈夫，两个可爱的小孩，慢慢地长大。我也觉得我的未来很好。

我认识的那个韩国姐姐，厨艺学校毕业的那天请我们试她的菜，我只记得一道土豆沙拉，很好吃很好吃。问她怎么做的？她讲，成功的土豆沙拉木勺插在上面都是不会倒的。

⑧ 味噌汤

米安教会了我做味噌汤。米安也是中国人,只是住在日本很久,很会做日式的饭菜。

所以《小花的味噌汤》里四岁的小花把豆腐放在掌心用小刀切,我都会觉得很亲切,因为米安也是这么教我的。所以我做味噌汤的时候,也是把豆腐握在手心的。轻轻的,刀锋怎么会伤到手呢?做味噌汤的豆腐都是很嫩很嫩的。

米安管味噌叫做米索,应该是味噌日文的发音。米安说韩国店都有卖的,一盒一盒,像咖啡冰淇淋。

挖出来的味噌浸在滚水里,用筛子一点一点研磨,我说反正都是煮在汤里,一整勺放进去不就好了?米安抿着嘴笑笑,放入昆布,豆腐握在掌心,切成细小的方块。

为什么要放在手心切?我问米安。

就是这样的啊,米安答。松开手,豆腐落入汤底。

最主要是这个，米安说。橱柜里拿出小小的一个瓶，上面写着味之素。我后来再也没有找到那种画着鱼和海洋的小瓶子，有的瓶子很相像，可是上面写着别的字。

　　最后是香葱和柴鱼片。已经刨好的鱼片，我不好意思让米安在现场刨给我看一下，那个刨鱼干的木盒子，成为我心目中永远的神秘盒。我也曾经给韩国的朋友带去大白菜，希望她腌制泡菜给我看，可是她说她已经不会在家里做泡菜了，她家每天用的泡菜都是去韩国店买，而且到了美国，她家也不是天天吃泡菜了。

　　手心里握过的温暖的豆腐，用筛子研磨过的味噌汤，果然细致了很多。米安说的，你要学会做饭，即使只是一道汤。吃得好了，整个生活就会好了。但我都是要隔了好多年才知道，味噌汤和味噌汤都会有很大的不同。搬到香港以后，到处都是日料店，可是没有一家店的味噌汤，能够做得出来米安的味道。

⑨ 炸鱼薯条

第一次点炸鱼薯条，好像在洛杉矶的迪士尼乐园。二十多岁，还很喜欢迪士尼。

花花绿绿的菜单，炸鱼薯条最是稳妥。好像中餐馆的左宗鸡，炸鱼薯条用来考验美国馆子也是有效的，虽然炸鱼薯条其实是一道英国菜，而英国的菜是著了名的，不算菜的。

鱼块往往是冷冻的，调味和油的温度就会变得很重要，配鱼的薯条可能更重要，这个菜的名字就是，炸鱼和薯条。

不是那种薯条，Chips，有时候也是薯片的意思。如果在墨西哥餐厅，就是一道重要的菜，玉米片蘸酱，每一家的蘸酱都不同，有的会用很多很多牛油果一点点起司，有的用很新鲜很新鲜的蕃茄，手做的酱，从酱里都吃得出深情。

炸鱼薯条的薯条，粗细都是一致的，薯条落入油里的时间，多一秒或者少一秒，在我看来绝对是美国菜的基本功，就好像中国菜的基本功其实只是一碗白米饭。好米好水，煮饭时候的心，我见过太多菜很好吃可是只端得上来一碗冷饭的中国馆子了。家里的饭为什么那么好吃呢？米饭是滚热的呀，像煮饭的人的心。有时候是妈妈，有时候是太太，一碗白米饭，也煮得出深情。

二十多岁，还很喜欢迪士尼。

洛杉矶迪士尼乐园的炸鱼薯条，大得过分。吃都吃不下了还是又要了一份甜品，菜单上面它叫做火山爆发，闪闪发光，美得耀眼。服务生蹦蹦跳跳地端来了它，巨大的巧克力流心蛋糕还有冰淇淋。我说，火山在哪里？菜单画的它还会发光。她说，以前是有的，现在没有了。她说，这可是法律规定的，不能再在食物上放烟花。她说，如果你早点来的话，兴许还能见到它闪闪亮的样子。她说，总之，它不再亮了。她蹦蹦跳跳地离开。

街上的小女孩都打扮成了米妮，大一点的女孩扮成公主，睡公主，白雪公主，只要是公主，我已经过了扮公主的年龄，我第一次去迪士尼，已经二十多岁了。

迪士尼是什么样的，迪士尼的洗手间都是写着公主和王子，迪士尼还有烟花、绿色精灵和似锦繁花，烟花当然会让人哭，所有稍纵即逝的美好都让人哭。

香港的迪士尼乐园太小了，香港迪士尼乐园的炸鱼薯条也太让人想哭了。可是每一次去，还是会要买炸鱼薯条，忍着咸吃下去。

直到看到邻桌，一份炸鱼薯条，配一碗白米饭，只发生在香港的迪士尼。

　　我想起来我写过的关于迪士尼的话，如果我在童年的时候就来到了迪士尼乐园，我一定会相信我是一个公主，我本来就是一个公主，可是我第一次去迪士尼就已经很大了，我不再相信童话，可是烟花盛开，仰望星空，我为什么要泪流满面呢？

　　更大了的我，坐在香港迪士尼，撑到最后一支烟花放完，没有人哭也没有人笑，人们冷静地离开，还有儿童，鼓一下掌都不要。我竟然想起了炸鱼薯条配白米饭，就大笑了起来。

⑩ 拉面

　　我很爱吃拉面，兰州拉面。我开始写作其实就是写拉面，文章肯定改了一百遍，手写的方格纸，但是题目一直没有更改过，《一碗拉面》。学校门口开了一家兰州拉面店，初三的"我"下了晚自习去吃，可能是第一次吃吧，真的太好吃了。然后同学们都升入了高中，只有"我"去了一所专修学校。专修学校很糟糕，"我"的每一天也很糟糕。有一天"我"回旧校吃拉面，一切已经面目全非，坐在角落，以前的同班同学也进了拉面店，他们说说笑笑，竟然不认得"我"了，"我"吃着拉面，流着眼泪，都没有人注意到。这篇文章的手稿当然是找不到了，十三四岁的时候，我就是写了这么一篇文章，一直记到现在。

　　我后来还是很爱吃拉面，听说隔壁州的中国城开了一家兰州拉面店，做的拉面很像真的兰州拉面，就开了两个小时的车过去找那家店。当然是没有找到，再开两个小时的车回来，但我都不会后悔。如果再让我选择一次，我还是会去。

后来我搬到香港了，香港有全世界的好吃的，可是没有兰州拉面，我就坐火车去到口岸，过海关，到了深圳，吃一碗街边小店的兰州拉面。比起住美国的时候，真是好太多了。

如果我回我江南的家乡，我很少回家，可是回家，我就会去吃报社楼下一家拉面店的拉面。我有个朋友在报社工作，我总是说要去找她一起吃拉面，她总是笑着说，算了吧她才不要吃拉面。后来她出车祸过世了，那一天我坐在去往西贡地质公园的一条船上，阴沉的天，波涛汹涌，我没哭，可是我回家乡坐在拉面店，对着一碗拉面，我痛哭起来。算起来，她离开我们，也有十年了。

夏天的时候，我去四国岛看我童年时候的好朋友，我跟她也有十年没有见了。我就是坐在她的客厅整天看着她，哪儿也不去，我都挺开心的。她家门口有一间拉面店，只有一间拉面店，再也没有别的店了。我们就去吃拉面啊，简直是全世界最好吃的拉面。我吃了一碗还想要第二碗，她笑着说，不要了吧，我的分一半给你。我说，你怎么都不吃的？我要是住在这儿，天天来吃都不会烦。她说，我不想吃东西啊，要不是你来，我什么都不吃。我的好朋友很瘦，小学时候她就很瘦，可是这一次，我觉得她有点太瘦了。我也不想吃了，再好吃的拉面，她不吃，我也不要吃了。

我们在香川机场告别的时候我想说撒由那拉，我住了一个月，还是一句日语都没有学会，她说，不要说这个词，这个再见太严重了，我们以后还会再见。我们拥抱了一下，我摸得到她背上的骨头，一根一根，我又要哭了。

　　回到香港以后接到她的电话，她说她看了医生，是癌，所以她吃不下东西。但是已经做了手术，会好起来。不要告诉我的父母啊，她说，也不要告诉你的父母。我说，好。可是我想的全是如果她死了我也只好去死了。

　　我们都会好起来的，她又说。

　　我们都会好起来的，我说。

　　我看了一个很老的日本的记录片《拉面的神》，我以为会跟《寿司的神》一样，讲一个神级的大师怎么做出了神级的食物，可是不是的，《拉面的神》拍了一个人，胖胖的老爷爷，雪白头发，用他的魔术手，做出了最好吃的拉面。每个客人都可以吃得饱饱的离开。

　　"同学们都说我们很像啊，我们就结了婚，开了这家面店，一起做拉面，直到她患癌病离开。"胖胖的老爷爷是这么说的，家乡？我只在新婚后和妻子一起回去过一次，后来我再也没有回去过。

⑪ 米粉饼

她一直不怎么爱吃面食,她的母亲说她小学放学回家,必定要把饭说上个三遍,饭、饭、饭。小时候的她,只吃米饭,不吃一口面条的。

她的母亲爱吃面,最爱笃烂面,跟她的外婆一样。可是煮得糊烂的面,怎么会好吃?她的母亲总是另外给她做炒菜米饭,再做笃烂面,只有母亲一个人吃。

早饭有时候是泡饭和韭菜饼,用的面粉,她也不吃。她的母亲就用了米粉,葱花和盐,煎成饼,她吃。米粉饼,肯定是她母亲的原创。那些米粉原不是用来煎饼的,她的母亲用米粉来做元宵,自己洗的赤豆做馅,自己酿的甜酒酿,母亲亲手做的酒酿元宵,也是独一无二的。

煎得两面金黄,专属她的,一块米粉饼。也只有母亲,会为了最爱的女儿,专门煎一块饼。可是被父母当作公主宠爱的年华,也不过短短的几年吧。

公主长大,结了婚,生了小孩,丈夫和孩子放在了最前面,再也没有给自己做过一块米粉饼。多简单的饼，水磨糯米粉，少许盐，加水调成糊，平底锅里煎。

宁愿站着，把一粒一粒圆糯米塞入藕节，做一道糯米糖藕。圆糯米先要浸过一夜，藕节要选最圆最直的，切去一边，一个孔一个孔一粒一粒地塞入糯米，要塞好久啊，有时候会觉得怎么塞都塞不到它满。直到塞到实在塞不进去一粒米了，放入蒸锅蒸熟，再加水煮，绵白糖、红糖和冰糖，直到糖水变得粘稠，糯米藕变了红，捞出切成片，熟烫的藕，手指通红，为了让每一片都被糖水浸透，放入冰箱冰镇，吃的时候再加糖桂花。

这么做了很久的菜，丈夫一口气吃完，习惯地说，怎么有这样懒的太太的，什么都不做，只做一道菜。

孩子也爱吃糯米做的食物，她会做糯米烧卖，她的母亲教的。浸过夜的圆糯米，薄薄一层平铺在蒸布上面，小火蒸熟，粒粒分明，放入油和酱油，拌得均匀，捏成像花朵一样的烧卖，再放入蒸锅蒸。这个小笼是给儿子的，儿子不吃葱姜。另做一种糯米馅，给很爱葱的女儿，葱花，很多很多葱花，都快要多过糯米，做出来的葱花烧卖，女儿可以吃三个。

什么都不做的很懒的母亲，只做一道菜的母亲，看着孩子开心地吃那一道烧卖，心里都很开心啊，真的比自己吃还要开心呢。她自己吃泡饭，滚开水倒进隔夜的冷饭，做成一碗泡饭，配一碟玫瑰腐乳。就够了。

这个时候,成为了母亲的女儿,终于理解了自己的母亲。

如果能够拥有一个疼爱自己的丈夫就完美了,可是谁能够拥有这样的人生呢。如果你已经拥有了全世界最好的母亲和孩子,你的世界就已经完美了。

⑫ 酒

我喝了酒会笑。

所以我不大喝酒。这个世界,一点儿也不好笑。

我倒是羡慕那些喝醉了就睡着的人,我也羡慕喝大了就可以打人的人。我太想打人了,要是能够借一口酒。可是我喝不醉。要想笑一次,也太难了。

周围都是跟你绕来绕去的人,绕到天亮你都不知道他到底想说什么。酒桌上才直接,我干了,你随意。酒桌上的话拿到生活里说多好。可惜只能是酒桌上的话。

我从不把酒敬来敬去,又不是结婚,又不是毕业礼,我又没有出新书,所以我往往没有这个机会,我干了,你随意。听得倒挺多,笑到昏过去。

凯丽的新书出版,出版社为她安排了巴士广告,四个姑娘带了一支香槟去车站庆祝,大家都穿着裙子穿着红色高跟鞋。纽约的冬天很冷呢,大家都不觉得冷,好不容易的新书,好高兴。等了几辆巴士终于等到,有人在作者的脸旁边画了一支迪克。香槟都开了,还是水晶杯,凯丽不高兴了,姑娘们都不高兴了。有什么不高兴的,香槟又没有罪。要是我,仰着头,饮下那一杯。

我去年开了一支气泡酒,我说,我能够出我的小说集我才开香槟,我是一个写小说的,我知道我是写小说的,我出不了我的小说集。可惜我美国的女朋友都留在了美国,我在香港只有七年,七年建立不了一场友谊。跟我同时回到香港生活的姑娘带来了写着字的蛋糕,我们喝了气泡酒,吃了蛋糕,她卡拉了一首《至少还有你》送给我。

肯定有人喝酒上瘾,就像有人喝止咳水上瘾。我好像对什么都不上瘾,我只是好奇。我去云南的时候他们告诉我,二锅头配雪碧,难以置信的滋味。于是趁着十号台风天买到一瓶二锅头,配一罐雪碧,第一口的滋味,不就是二锅头,加多点雪碧,不就是雪碧,加多点二锅头,雪碧没有了,二锅头就是二锅头。

你为什么总要加点什么呢?黄酒加姜丝,黄酒还加话梅。酒品也是人品,你太花哨。夏天和小时候的一个姑娘喝酒,运河旁边,半支威士忌,不加冰。姑娘喝了酒,花生米一颗一颗扔到我的头上。停,我说。她继续扔,一边扔一边笑,我的头上和衣服上全是花生米,还是炸过的,酒鬼花生。停,我又说。她说,做回一个上蹿下跳的你真是太可悲了。我说,你就没跳?她就哭了,一边哭一边说,没有人爱你。

我终于笑了。我干了,我自嗨。你喝不喝你嗨不嗨我不知道哎,我干了这杯,转去下一桌。

⑬ 冰冻啤酒

每一个夏天的傍晚，燕春楼还在的时候，我都被差去打冰冻啤酒。我穿着拖鞋，右手提着一个蓝色的保温瓶，慢吞吞地走过去。那个瓶，用来盛热汤就是保温的，用来盛冰块就是制冷的，可是我们都叫它保温瓶。穿过弄堂，到了街面，就是燕春楼。燕春楼卖汤面和小笼馒头，也有酒菜，不知道为什么，过了大暑，燕春楼就拿啤酒出来卖，似乎也不是他们做的，我想不出来他们的啤酒从哪里来。

营业员坐在木头柜台的后面，一下台阶的地方，冷菜碟还有姜丝都摆在柜台上，可是隔着玻璃你也碰不到它们，一整块大玻璃，完全地罩住了菜还有营业员，只从玻璃和木头的连接处抠出一个半圆的洞，钱从洞里递进去，手指在玻璃上指点，冷菜就从洞里送出来。我看不到那些菜，我只看得到圆洞的后面，营业员的脖子，如果他们坐下来，我就会看到他们的脸，他们守着那些五分钱的嫩黄姜丝，还有冰冻啤酒，一动也不动。

到了傍晚，我去打啤酒的时候，燕春楼里几乎一个人也没有了，冷菜和姜丝都不见了，厅堂里的十几张方桌和骨牌凳也冷掉了，抹布只抹过一遍，偏过头你就看到反射过来的白光，一道一道，油腻腻的。

把保温瓶和钱从玻璃圆洞里递进去，再送出来的保温瓶就重了，里面盛着一勺或者两勺啤酒。有时候是一勺，有时候是两勺，都是大人们事先教好了的。我看不到啤酒的出处，于是我相信啤酒和酱油一样，都是装在木桶里的，有人要打，就拿一个长柄深圆的竹节筒去舀。

那些夏天的傍晚，我都是这样去打啤酒的。

营业员装酒的时候，有点空的我就去看门外面台阶上面竖着的纸牌子，上面写着——冰冻啤酒，我认得那四个字，冰冻啤酒。再往远处望去，是第四百货商店，我们叫它四百，那就意料着还有二百和三百，可是我不知道它们在哪儿。四百的前面是水泥柱底的岗亭，像一个巨大的蘑菇。岗亭把四百的门脸都遮住了，我看不到它的门了，我只看到围坐在门口的一圈女人，她们都是补丝袜的女人，她们夜以继日地补丝袜，她们的头埋在膝盖上，针走得飞快。我想不出来，这世界上有那么多的丝袜要补。也有男人，都是卖老鼠药的，包成一个长形纸包的老鼠药，再划上三道红杠，整齐地排列在箩筐里，箩筐的中央往往是硬梆梆的大老鼠干尸，头朝下尾巴往下，像人一样竖立着。我从不相信那是真正的老鼠，可是我走过那些箩筐的时候会绕开很远。

四百的旁边就是布店，我喜欢那个布店，半空中布满铁丝网和铁夹子的布店，票据和钞票都夹在上面，飞来飞去，起先我以为它们就是飞来飞去，后来我发现它们只飞去一个地方，那个地方总有一个女人在那里，坐得非常高，四面八方的铁夹子朝她飞过去，她碰了一下，在我看来她就是碰了一下，也许她就在那一碰里做了所有的事情。她松开夹子，取下单据和钱，她数钱，算账，签字，敲章，数找钱，再包起来，重新夹上去。她碰了一下，夹子就回去了。那么多的事情，她只用了一个瞬间。她头都不抬，她的手就能够准确地接到夹子，又准确地把夹子送走。她从不出错，她就像一只坐在铁丝网中央的蜘蛛。

她把铁夹子飞回去的时候不是那样的，她先往后面退一点点，手腕再用力，她出手的铁夹子就像闪电一样了。她不像有的营业员，铁夹子只飞了一半就停住了，个子高的顾客就踮起脚尖去够那个不动的铁夹子，营业员就叫，不要动不要动！她们又飞过去一个空的铁夹子，空夹子就把先前停住了的夹子送到目的地，有的时候空的铁夹子和不空的铁夹子都停在半空，那很少见。我看着半空中的铁夹子，我知道里面夹了零碎的角子，我在想为什么角子不掉下来，她们夹得真紧。

营业员把保温瓶送出来的时候都是不声不响的，我要自己回过神来，伸手去拎自己的瓶。没有人排在我的前面或者后面，很少有人去买啤酒。有时候我会看到一两个年轻人，穿着白背心的年轻人，上面印着自行车三厂的红字或者照相机厂的红字，他们走进来买一杯啤酒，然后他们走掉，我不知道他们把啤酒端到哪儿去了，他们为什么不喝了再走呢？他们端着啤酒走上台阶，就不见了，我再也没有见过他们。

我不相信那些啤酒都卖得掉，那个时候的人们都是穷的。像我父亲这样，每天的冰冻啤酒，我提着保温瓶走来走去的时候，邻居们的眼睛就看过来了。

父亲终于摆脱了那些眼神，在他不再喝啤酒以后。

父亲是在当兵的地方学会喝啤酒的，那个地方有海水，很多很多的海水，年轻的小腿浸没在海水里，年复一年，到了老年，才渗出毒来，海水也是毒的，海水的毒像青蛇，爬满了父亲的腿肚。

我慢吞吞地穿过那些弄堂，最狭窄的部分，你得侧身，如果你踢到了白头发老太婆的煤球炉，你就得赔。我看到过，整个弄堂的人都看到过，有人撞翻了她的煤球炉，她拖住了他，她说，赔钱。那人说他赶上班没看见，她说，赔钱，说什么都没有用，大家都围上去看，那人就赔了钱。白头发老太婆住在隔壁的隔壁，如果是我，兴许不要赔，她认得我，可是谁知道呢？兴许她不认得我。

夏天的傍晚，晚饭桌和竹床都搬到外边来了。每一家的小饭桌都是圆型的，可以折叠的，几乎一模一样。每一家的晚饭菜也一样，丝瓜鸡蛋，蒜炒豇豆，冬瓜汤，如果家里有一个腻酒的男人，就会多出一碟油炸花生米，那碟油炸花生米也是一样的。如果家里有一个腻酒的男人，那家的晚饭桌总是要到天黑了才收的，腻酒的男人，喝光二两洋河大曲要花去一个傍晚，你看到他们时时端起酒杯来，可是白酒只沾染了他们的上嘴唇，他们就靠着那一点一点连绵不断的滋味，消磨掉了整个傍晚。那时候的人们都是有着无穷无尽的时间的。竹床是架在两条长凳上的，地和凳腿总是不平，可是父亲们总是会在不平的地上架出纹丝不动的床来。架竹床的人家多是有孩子的人家，那床上是没有大人上去的，大人们只在床的边缘放半个屁股，大人们的手中总是持着蒲扇，直到孩子们迷迷糊糊地睡着，那扇子还在不紧不慢地动着，扇出最清凉的风来。

孩子们长大了，离开家了，竹床也不再搬出来了，就像我们家里的那张，我曾经在那上面踢断了邻居孩子的胳膊，我也曾经从那上面头朝下摔下来。隔了好几个夏天，竹床自己散架了，就被扔掉了。

我相信没有人买啤酒，可是每一天的啤酒都很新鲜。新鲜的啤酒散发出雨过天晴的味道，就像保温瓶的味道，保温瓶空的时候也是甜丝丝的，只要旋开它的盖子，把脸扣在瓶口，你就能闻见它的味道，那些味道是装了好多次冷饮留下来的。保温瓶有时候也用来放冷饮，盐水棒冰、赤豆棒冰、芝麻棒冰、牛奶棒冰，甚至冰砖，真正的牛奶冰淇淋做成的冰砖。保温瓶空着的时候，我也喜欢它的味道，只要闻着那味道，就好像你拥有一切甜蜜的东西一样。

在大家都往井里吊西瓜的年代，我们家有一个保温瓶。我不知道保温瓶是什么做的，保温瓶的外壳是天蓝色的塑料，内胆是银色的，像镜子，照出一个小女孩有点变形的脸来，女孩在换牙，女孩笑起来的时候门牙的位置是空的。

每一个夏天的傍晚，我都被差去打冰冻啤酒。那样无聊的差事，可是不能拒绝，如果我有一个兄弟，或者姐妹，那样的差事应该是落在他们身上，于是我又憎恨我一个人，因为只有我一个人。我给自己找到了一点乐趣，我把保温瓶从左手换到右手，再从右手换到左手，直到换得熟练，保温瓶就飞起来，从左手飞到右手，又从右手飞到左手，我总能接住飞起来的保温瓶。这样细微又隐秘的乐趣，几乎冲淡了整个夏天的无聊。

夏天快要过去的时候，我把保温瓶打碎了。我蹲下身，慢慢地，从地上拎起碎了内胆的保温瓶，从表面看起来，保温瓶没有丝毫变化，可是只要摇晃它，它就发出清脆的碎片的声音。那些碎片令我害怕。

我慢吞吞地回到家，父亲正坐在饭桌前。那是他一天最愉快的时光，冰冻啤酒，枇杷树下的晚饭，还有家人。我举起那个保温瓶，我摇一摇它，它的碎了的声音。我说没有了，没有啤酒了，因为保温瓶破了。

我以为父亲会责备我，可是没有，父亲说没关系，父亲说洗下手坐下来吃饭吧，然后他夹了第一筷菜，放在空了的饭碗里。如果有啤酒，啤酒一定是倒在那个饭碗里，他一定是先喝一口啤酒，再吃菜的。

为什么还要捡起来呢？母亲说，如果摔碎了，就不要了。为什么还要带回来？

没关系。父亲说，快吃饭吧。

好像就是从那一天开始，父亲不喝啤酒了。夏天过去了，燕春楼不再有冰冻啤酒卖，可是下一个夏天，再下一个夏天，父亲都不喝啤酒了。

二十多年过去了，父亲因为健康的原因再也不能喝一口啤酒。如果我在童年时就知道会是这样，那个夏天，我一定不会打碎那个保温瓶。那个夏天，我一定不会憎恨只有我一个人，即使只有我一个人，提着一个蓝色保温瓶，阴着脸，踢着石子，慢吞吞走着，我也是我父亲的孩子。这个世界上，再也没有一个男人能像父亲那样宽容我了。

⑭ 拉拉手

1，CD

CD 在东三环路上，有很多硬木椅和方格桌布。我们还赶上了一支乐队的演出，他们发出了震耳欲聋的声音。

我和我的朋友坐在一起，那是很怪异的感觉，很久以前她来到了北京，除了她做的节目偶尔会卖到我们的电台，没有任何她的消息。现在我们坐在一起，好像我们从来就没有离开过我们自己的城市，我们还是在老地方，坐在一间小酒吧里，无所事事。

她坐在那里，抽很多烟，喝很多酒，我为她担着心，但我说不出来，我只是注视着鼓手的手指，细棒翻滚得很快，出神入化。

我去洗手间，看见一个孩子，深褐色的头发，背着双肩包，对着手提电话絮絮地说话，我不知道她在说什么，我发现我和一切都格格不入，酒吧，酒吧音乐，还有酒吧里打电话的孩子。

褐色头发的孩子和她的父母一起出去了，她走在最前面，什么都不看，仍然背着她的双肩包，从我的身边走过去了。

酒吧外面有露天的咖啡座，惨白的塑料圆桌和圈椅，围在木栅栏里面，木头已经很陈旧了，缠绕着绿色的枝蔓，都不是真的。北京深秋的夜晚已经很寒冷了，没有什么人再在外面，这里却坐着很多人，夜了，看不分明他们的脸。走过那些栅栏和桌椅，他们中有人说话："姐姐，要CD吗？"

我们走开了，没有搭理他。他又问了一句："姐姐，最新版的CD，挑一张？"

我们已经走到大街上了，我回头张望，什么也看不见，只有CD的灯火，繁花似锦地闪着亮光。晚上很冷，没有人会坐在外面。

2，Friday

他们说，坐在兆龙饭店的Friday喝可乐是一件幸福的事情。很大的一只纸杯，坐在那里消磨时间，有音乐听，有衣香鬓影可看，可乐喝完了还可以再续，他们说。我约了人去那家饭店，服务生把我领去了另外一个地方，它的名字叫做猎人酒吧，那真是个冷清的酒吧，播放许美静说话的声音。直到出了饭店我才知道真相，可惜太迟了，我明天就要离开北京了，我始终不知道坐在Friday里会有怎样的幸福。

3，豪富门

我局促地坐在长桌的一侧，我很紧张，我情不自禁去看酒廊小姐碎花细布围裙下面圆润的腿,我看了很多回。

坐在我对面的长发男子,他说他刚从德国回来,他优雅地举手,服务生很快就贴过来了。他告诉她,茶杯里有水又有油,我也看那杯茶,我什么也看不到。

服务生天真地看他,那真是一张年轻而且饱满的脸,她有点不高兴,因为她说:"先生,要不要换一杯?"她大概并不想真的去换,如果她乐意的话,她可以马上就端着那杯有水有油的茶消失,但是她没有,她贴得很近,她说:"先生,要不要换一杯。"

长发男子吃了一惊,但是他很优雅,他说,不用了。我总是不明白,他要做什么。我的一个女朋友,她发了疯地爱他,就像我在二十岁,我也发了疯地爱他,现在我们都老了,我们已经不再爱他了。

啤酒杯就像我的一只透明长颈瓶,我用它装马蹄莲,后来没有人再送我花,它太空,我就往里面插了一支笔,瓶底有过一颗假马来玉戒面,我把笔投进去,就能听到笔尖和戒面碰撞发出的声音,"啪"的一声。

冰凉的黑啤酒。我再也没有见过那么浓那么酽的黑,它们在玻璃杯里安静地躺着,默不作声,但它们给我愉悦,非常愉悦。一些水珠不知道从哪里来的,聚集在啤酒杯的表面,当我抚摸玻璃的时候,水珠滚落到了杯子的底部,木头上湿了一大片。

卡佛的短小说影响了我的感受,我坐在酒廊里,看着酒廊小姐,当然我从不喜欢女招待这个词汇,我也从来都不会用它,我就会看见一个胖女人俯下身子往冰淇淋桶舀冰淇淋,她化过妆的丈夫坐在角落里,紧张地盯着她的胖小腿。卡佛和卡佛的小说影响了我,让我坐在酒廊里情不自禁看酒廊小姐的腿。

我只喝了一口,颜色那么漂亮的黑啤酒。我想起了扬,他最初并不喝酒,他来到特鲁维尔,开始在早晨喝酒,在傍晚喝酒,他们一起喝,从早到晚,只是喝酒,我相信他喝的第一杯酒一定是康帕里苦开胃酒,那种酒让他呕吐,一定是的。可是他那么爱杜拉。

4,天水雅集

要了一壶菊花茶,他给我加糖,加了一勺又一勺。他们在谈论他们中间有一个人写的小说,"王资要了一杯茶,续了无数次水,直到水变成了白开水,淡而无味。"我的茶凉了,糖沉淀在杯底,像凝固了的陈垢。

5,半坡村

半坡村在青岛路上,我至今还记得它,我在那里见到了我小时候的偶像。他走过来,我就发抖,我抖了很久,最终也没有平静下来。他的小说和他的脸不太一样。

后来,我坐在那里,忽然发现一切都没有意义,我决心要打一个电话,我用他们的台式电话机,我拨了很多次,没有通,一个短发女人,眼睛很亮,她站在吧台后面,帮我拨那个号码,拨了很长时间,电话通了。

后来来了很多很多人，这个人，那个人，现在我连他们的面孔都不记得了，我有很多事情都忘记了，只过了一两年，我就什么都忘了。我们坐在一起，口是心非地闲聊，进来了一群韩国学生，吱吱喳喳地说话，没有人听得懂他们说什么，他们坐了会儿，又出去了。

后来，有一对夫妻坐在我的对面，他们凝重地注视菠萝披萨，他们操作刀叉，手指像花朵。我注视他们，我在想，我是不是应该结婚，今年？明年？

后来，我和我的男朋友吵架，我们的脸都很难看，我要离开，他要留下，我们正在吵架，我不想见到任何人，可是任何人都坐在那里，他们都忧愁地看我，希望我不再邪恶。他的朋友的妻子对我说了很多很多话，让我对爱情执着，可是我已经不太清醒了，我什么都听见了，我什么都没有听见，我们都站着，我知道她和我一样，我们很疲倦。

直到我们都走出去叫车，有一个人从暗处走过来，说，你还好吗？我什么都没有说，我把头别过去，我知道我的眼泪就要掉下来了。

6，曼哈顿

和一个朋友一起住在南京，我们早晨出去买报纸，中午吃火锅，下午在大街上走，到深夜，我们就出去找一个人多的地方消磨时间。我们每天都这么过，但是我们不快乐。

在南京的最后一个晚上，我们叫了一辆出租车，我的朋友说，请载我们去最近的跳舞酒吧。三十秒钟以后，我们到达了曼哈顿，它就在我们住的地方的后面，可是我们付了七元人民币，为了找到它。

你看他们，都那么高兴，没烦没恼。我的朋友说完，到地板中央去摇头。

我一个人坐着，喝了两杯酒。我已经不太清醒了，这时候有一个男人坐到我的旁边，他说，别人都高兴，为什么你要不高兴？我讲一个故事给你听，你就会高兴起来了。

从前有一只小狗，很想当兵，但是它的体重太轻过不了考试，小狗伤心地回家，在路上遇到一只蜜蜂。蜜蜂说，你为什么不高兴？小狗说，我想当兵，但是我太轻。蜜蜂说，我来帮你，我藏在你的耳朵里去考试。这一次小狗的体重刚刚够过关。考官觉得奇怪，终于在小狗的耳朵里发现了蜜蜂，考官说，你在这儿干什么？蜜蜂说，我在给小狗讲故事呢。

我还是不太清醒，我说，我又不认识你，你为什么骂我？他说，我不是要骂你，我只是想让你高兴。你高兴了吗？

我摇了摇头，不再看他，我开始看地板中央的男男女女，他们都在摇头，高兴极了。

7，天茗

他们说，他和她很暧昧。然后我们一起走进了天茗，楼梯的级太多，又太高，所以我要去天茗，我就要很清醒，不然我就会从楼梯上滚下来，当然那是很多人都期望发生的，可是有时候我真的不能控制自己，我非常地警惕南京男人，可是我又很想靠近他们。

我一直都认为天茗是主流的茶楼，非主流的，也许他们去半坡村。

我刚刚被攻击过，可是我什么准备也没有，我只是发了一会儿呆，然后忧愁。

现在好了，主流说你是非主流的，非主流说你是主流的，现在好了，我什么都不是了。

我看着暧昧的他和她，他们很安静，互相不看对方，可是吃过三旬茶后，他们动起来了，果真是很暧昧的。我在心里想，如果这个男人是非主流的，这个女人是主流的，那多好玩啊。

8，旭日东升

我在网上有个叫 myou 的朋友，myou 的每一封电邮都充满了错别字，myou 要我给他的信息产业公司起名字，名字要突出世纪之初的意思，要有远大的思想，宏大的解释，还要上口和便于记忆，比如北大方正。我给 myou 回信，我说就叫旭日东升吧，早晨八九点钟的太阳，什么意思都有了。myou 说，你开玩笑，那是一个跳舞酒吧。

我和一群朋友去过那里，她们固定地给服装杂志写时尚评论，可是她们表面看起来很不时尚。我们去旭日东升跳舞，里面热极了，我刚刚染了黄色的头发，非常得意，当然我并不知道两天以后我就会被组织找去就头发问题谈话，所以我非常得意。

有个女孩，坚持不跳，她坐着，帮我们看守衣服，我总觉得对她不住，所以我隔几分钟就去看看她，她就说，你一直来看我，都看得我烦死了。

于是我不再看她，我看别的什么地方，我就看见了吴晨骏，他穿了一件很厚的毛衣，头顶在冒热气。

9，清心雅叙

我有了错觉，以为我还在南京，世界上再也没有那么相像的两家茶楼，它们一模一样，我推门，门上有铃铛，它们也一样，黄铜制造，右边那个角有点破。我对门口的服务生说，告诉你，你们这个茶楼和南京的天水雅集一模一样。他不高兴地看我，他说，可是你为什么要说出来。

一个女服务生上楼梯，楼梯正对着我，我看着她的背影，她长得很高，背就有点驼，在转弯的地方，她摔倒了，台阶很滑，我知道，她又是个新手，她一定会摔倒，不是今天，就是明天，她打碎了所有的杯子，她马上蹲下来，收拾那些碎片，她的肩膀很瘦，她的手破了，她不知所措。她的同事急急地跑过去，连声斥责她。我对坐在对面的朋友说，她会被扣工资的吧？我的朋友没有说话。

我往右边看，我知道那边的墙壁，同样地，也会有一头把鼻子卷起来的象，穿小背心的象说，不要抽烟。

于是我的朋友只抽了一颗烟，然后我们来到外面，走了很多路。

我的朋友喜欢管一根烟叫一颗烟，我始终不明白那是为什么，后来我就变得和她一样了。她接了一个电话,她的男人很关心她,也许他更关心的是她肚子里的孩子。她一边打电话一边抽烟,烟气是青色的,像妖怪,袅袅地飞来飞去。我有了错觉。

10,老房子

演出很糟糕,音响都烧起来了,我坐在一群太太们中间,在必要的时候尖叫。我已经很烦恼了,我在太太们中间发现了领导的女儿,她看起来很端庄,我在大门口碰到了我的前男友,他变得很胖。我已经很烦恼了,于是我和乐队一起到老房子喝酒,我们要了一瓶红酒,可是我一口都喝不下去,我到了晚上就会很痛苦。以前我总是早晨醒来就厌世,到晚上才开始热爱生活,可是现在,我在晚上也厌世。

我的一个朋友从海南回来的第一个晚上,我和另一个从北京回来的朋友陪她在老房子吃一碗面,眼泪都掉下来了。

很多年前我们在老房子烧过一块绿格子桌布,老板没有把那块布打进我们的账单,所以我们又烧了第二次。我的朋友解释说这是行为艺术,老房子着火。

后来她们又都走了,我一个人坐在老房子,要了一杯冰水。我背对着舞台,歌手上台,寥寥落落地鼓掌,然后他开始唱,吉他的间歇,一丝熟悉的叹息,我转过头去,他是朋友去海南前的爱人。很多年以后了,他唱的还是当年为她写的歌。

11，四季红

他说他特意挑了小眉小眼的女人，给她们穿素色旗袍，衣襟上的蝴蝶盘扣要生动地飞起来，给她们戴叮叮当当的碧玉镯子，听起来就会很舒服。可他的茶馆还是冷清，真是冷清啊。我坐着，看见一个刚来上班的女孩，拘谨地站在暗处，一个劲儿地问，怎么样怎么样，我穿这衣服好看吧。她的同事淡然地看着，疲倦地笑了一笑，说，好看，好看。

12，圣宾

约了一个朋友，她在北京拼搏，一年回来一次。我迟到了。餐厅外面，透过落地玻璃窗看见她的红发，弯眉毛，露在外面的细腰。陈年旧事像风一样飘过去了，突然想哭一场。还有几个老朋友，很早以前就不大来往了，面对面坐着，时间漫长，没有话说。旁桌的两个男人，各自喝着各自的咖啡，悄无声息。餐厅里起先还有音乐，后来什么也没有了，被各种各样人发出来的声音掩盖掉。角落里一架钢琴，她突然站起来，走到钢琴前面坐下，谁也没有想到，她开始弹奏《致爱丽丝》，琴声细若游丝，我们中间有人大声说话，让她下来，还有人说，庸俗。我不知道那是谁了，我有些恍惚。我正在打电话，电话那头的人说，已经十二点了，你怎么还不回家呢，回家去吧。

13，兰桂坊

想在菜单的背面写点字，可是想了半天，什么都没写。他们的牙签有两种颜色，红色和绿色。招手点单。

服务生说，我认得你。我看着他。

他说，很多年前了，你初三，我初二，你是文学社社长。我看着他。

他说，那时候我热爱文学，我把我的文章拿给你看，你只看了一眼，你说，这写的什么东西。

我说，我绝对没有做过这种事，一定是你记错人了。

服务生笑了一笑，走去柜台落单，可是过了一会儿他又转回来了，他说，我绝对没有记错，我到现在还记得。

我只好说，我道歉，好了吧。

14，公园97

我知道他演电视剧，我知道很多人都爱他，可是我很茫然，我说对不起，请再说一遍，那部电视剧叫什么名字的？他很宽容，他又说了一遍。

坐在外面真是很冷，他新认识的香港女朋友坚持把她的围巾给我，我坚持把围巾还给她。我说，我有这条围巾我还是冷，可是你有这条围巾就会更美。

我喝光了我的冰水，就看见一个脸很美的模特，很高的高跟鞋，从我的身边走过去，她陪伴着一个白人老头儿，到后面去了，后面很僻静，有喷水池，也许他们只是聊一聊，可是那个女孩，她太瘦了啊。

15，钱柜

我吃了最大的一份冰淇淋，我想即使我以前厌世，那么现在我就应该为这一份冰淇淋而不再厌世。

我非常专心地吃冰淇淋，其他我什么都不管，他们载歌载舞，他们眉来眼去，我什么都看不见了。

我坐在一群年轻女孩的中间，我们每人一杯冰淇淋，给我们买单的，我不知道他是谁，我觉得我们都像他宠幸的，他很公平，给我们每人一份冰淇淋，一模一样。可是我总怀疑他，觉得他偏心另一个，我一直都计较那个另一个，她总是我的对手，可是第一次见到她的时候，我们握着手不放，我认为她是一个好女孩，可是后来发生了很多事情，可是我仍然认为她是一个好女孩。

张爱玲在乱世里出去找冰淇淋，步行十里，终于吃到了一盘昂贵的冰屑子，实在是吃不出什么好来，却也满足了。

女人都是简单的，只一杯好冰淇淋，就可以让她对生活不绝望。

16，棉花

我不要见到她，我讨厌很多女人，可是从来不会看不起她们，我只看不起很少的一些女人，其中有她。可是我和她都没有想到，我一走进棉花，我第一眼就看到了她，她像一只猫那样匍匐在小圆桌上，身边有不分明的男子。她冲着所有的人甜甜地笑。我的朋友第一次做演出，她想挣一笔钱，于是我陪着她到处派宣传单，她去了棉花的深处，我看见她与乐队的朋友说话，我就坐到外面去了，我从来不怕太嘈杂的音乐，我坐到外面是为了不要看见她，因为我看不起她，可她看起来是那么天真。

17，摩登对话

我要了一杯牛奶，可是我错了，睡不着才要喝牛奶，谁都知道，可我要了牛奶。那是很奇怪的，喝再多的咖啡我都不兴奋，吃再多的药我都睡不着，喝再多的牛奶我还是睡不着，可是我喝了摩登对话的牛奶以后，非常地想去睡，我的眼睛都睁不开了。

后来他来了，他和他的朋友们，我看到他，在夜中，他是不老的，没有皱纹，还很漂亮。他果真喝醉了，因为他说歌手唱得好，我实在不觉着好来，可是我应酬他，我说，好，真是好。

后来歌手唱了两次《加州旅馆》，我感激得眼泪都要掉下来了。

每天早晨我都爬不起来，每天我都写作到深夜，可是每天早晨都要赶七点的车，八点，我要准时坐在办公室里，我实在爬不起来，于是我在唱机里放那张唱片，每天早晨老鹰乐队唱到 Welcome to the Hotel California，我就挣扎着起床。

上海的夜在下雨，那些雨很凉，把我的头发弄湿了。我对自己说，我错了，可是我原谅自己，我没有过分地投入，因为我的脑子里还有有很多别的，碎片，错，局限，它们飞来散去。

我紧紧地挽住他，希望能长久。心里什么都有，心里什么都没有。

悲凉的爱。

可是很多时候并不是爱，只是互相安慰。

18，三毛茶楼

早晨六点，茶楼还没有开门，门缝里看见昏黄的灯光，炉子上一只壶，水开了，在响。我喝了一碗茉莉花茶，和以前一模一样，书架上有三毛所有的书，墙上有三毛所有的照片，还有一封三毛写来的信，三毛说，大闸蟹真好吃。我看贴在墙上的纸，还留着一年前我的字，我来过了。字迹旧了，墨水化得很开，很快就会有新的人在上面写新的字。旧录音机里永远放着《橄榄树》，不要问我从哪里来不要问我从哪里来。我爸爸问过我，是不是三毛在唱歌？我说，不是，三毛从不唱歌。

19，拉拉手

他们帮我要了鱼包饭，盘子端上来，饭团上面插着满天星，我看着满天星，我想起来我有一个朋友，从来不在床上吃饭，他说吃饭的时候就去饭馆，睡觉的时候就上床上去睡，怎么可以又睡觉又吃饭的。想到这儿，我就笑了一笑。

我旁边的女孩伸手过来拿掉满天星。吃吧吃吧，她说，趁热，很好吃的。盘子里有三角形的芋艿，长方形的血糯糕，非常辣的鱿鱼卷，我不停地交换刀叉，最后我开始用手。

对面坐着我的搭档，多愁善感的男生，忠于爱情，喜欢张爱玲。我走的那天他摔了一跤，被送到医院里去了。他们说他的脚上了石膏，什么也干不了。真为他担心。

他们还拿了很多白巧克力给我，下午我一个人待在房间，一边吃巧克力，一边背台词，晚上就要走场了，我都不知道我要说些什么，他们要我流眼泪，要我谈论爱情，他们要我积极、健康、向上，他们说，这个世界上，最珍贵最神圣的，是爱情。

我背着背着，就在床上哭起来了，我哭得一塌糊涂，眼泪把所有的纸巾都弄湿了，后来我哭得制止不了自己，我用被子蒙住头，还是制止不了，那么多的眼泪，它们把被子也弄湿了。我已经离他很近了，从石家庄到北京，只要几个小时。

看电影

① 四十岁看电影

1，失忆了

我从来不写影评，一写就傻。所以我写的跟电影有关的字都不是影评。影评人这种东西也跟文学评论家似的，如果我在咖啡馆里写作，看到外面有个评论家快要被打死了，我也是不会冲出去的。

我没有上过创意写作班，也不知道编剧是什么，但我可以肯定一点，如果编剧不尊重观众，非得平地挖坑，或者站在高处指指点点，编剧就得去死。

我最近看了一个电影《失忆症》，说的是一个男的和一个女的带着女儿在山路上开车，女的回头看一眼女儿，男的看一眼女的，也回头看一眼女儿。女儿昏昏欲睡。然后女的又回头看一眼女儿，男的又看女的，又回头看女儿，看来看去，当然地，车祸了。男的醒来，满身伤，躺在床上。女的说，你失忆了。男的说，是哦，所以我不记得你了，但我记得我们女儿啊。他们就做了一下爱，做完了他还是没想得起来，女的就开始反复地念，家庭是很最重要的，家庭是最重要的。男的就说，是哦，我得努力恢复，重新融入到咱们家庭。恢复的过程中间，男的终于想到说，我们女儿呢？女儿怎么不见了？他就跛着脚走来走去，因为失忆，自己家的房间都不认得了，好不容易找到地下室，地下室的工作台上摆满了小刀小剪，纹丝不乱，就像是处女座摆的，还有一具包得好好的尸体，跟他也挺像。真相来了，这个男的根本就是带着老婆孩子出车祸了，这个女的路过，就把男的带回家当老公养，反正他失忆了嘛。所以这个女的会一直念一直念，丈夫妻子还有孩子，就是家庭的意义。这个女的想要一个家庭的意愿太强烈了，强到男的都打不过女的，重新被绑到床上。这时一个邮差来送信，一个女警察来调查，都被女的杀了，而且这个女的是用电锯杀的，单手，锯尸体还穿皮草，锯啊锯啊，一滴血都溅不到她的皮草。如果到这里就算了，观众就当是这个世界就是这样啊，好好的一家三口出去玩，碰到个神经病女人，这个女人非要人家的老公给她一个孩子，而且这个女人长得还很漂亮，身材又好，还会做炖牛肉，还老是只穿蕾丝边睡衣。可是电影又往下了，女儿出场了，扎了女神经病一刀就跑，第一次没跑掉，被放到浴缸里，加很多水，后来倒又跑成了，男的就得救了，被放到真正医院的病床上。真相又来了，这个男的和这个女的还真是夫妻，只是怎么都生不出来孩子，倾家荡产了都生不出来，他们就上街绑了一个别人家的女儿，他们的目的是要勒索一笔钱再去做生小孩的手术呢，还是干脆就把这个小孩当自己家的孩子养了，我已经不关心了。电影的最后，女的溜进病房，把男的杀了。

这就是平地挖坑，为了要一个反转，硬拗。

其实编剧也挺不容易的，这个小高潮到高潮反转再到大反转的过程，他们肯定想了很多，我坚信他们肯定也想了人格分裂这一招，也就是主角从头到尾就是一个人，既是男的，又是女的，两个人格最基本，再多就乱了。这个事件所有发生的一切，都是这个主角一个人的幻想，他可以一会儿是男的，被动的，一会儿是女的，主动的。太失忆了太混乱了，最后他只好把他自己杀了。想到这儿我有点儿明白我为什么做不了编剧了，做编剧确实太不容易了。

同样是失忆症电影，有一部《在我入睡前》，我记得很清楚，大概是因为妮可和科林。一场床戏，亲吻和抚摸，由科林来演，简直是毛骨悚然。当然最重要的还是故事，据说《在我入睡前》是一个创意写作班的期末作品，所以一个小说就体现出来了写作班和非写作班的能量差别。当然了产生好小说也不全是写作班的原因，但是这一个是。

睡着了就会忘记一切的失忆症，所有的失忆症里面，这种最残酷，记忆只持续一个白天，从早上到晚上，要不是把这一天写在日记里，你都不知道你失过忆。

妮可每天早上醒过来就开始剥洋葱，好吧是分析自己的日记，越来越接近真相。原来这个丈夫是假的，原来自己失了忆以后住在医院，人品差到没有一个朋友来探望，假丈夫把她偷掉了四年都没有人发现。

四年来过着反复认识自己的生活，直到睡着，第二天又重新开始。

我注意到这个女的是不用工作的，甚至不用做晚饭，住在大豪宅里，丈夫是假的，但是长得还不错，西装都是订制的，而且很有爱，居然很有爱。

我这个女观众想的是，那就这样吧，好像也不错。何必纠结真相，如果真相很难看。真相还是一如既往来了。原来妮可是个出轨习惯分子，也就是说，她一直沉醉于出轨的过程，如果厌倦，她就会换人，不过她使用的理由是悔悟。有的情人安全退出了，医学院的学生，性和爱情的经验太少。有的情人却会发狂，杀了她，并且丢弃在垃圾桶。我说的是杀了她，重手，扔的时候只用床单包一下，有多恨又有多看不起。所以后来她没死，只是失了忆，这个情人居然又去把她带回家，要不是科林，我实在是看不下去了。她需要做什么，晚餐喝一杯酒，跳一支舞，上一个床，然后睡着了。这不是她要的吗？她再也不需要出轨了。反正她真正的丈夫也没有管她，而且真正的丈夫终于也露了一面，好吧我完全理解了她的出轨。如果我是编剧，我就到这儿了，人人脸上浮现出浮夸的幸福，The End。当然电影又往下了，所以我不想说什么了。

有个电影《双胞胎》也是说的女主的出轨，但是人家就没再往下，姐姐弟弟合唱了一支曲子，好看死了。故事就结束了。

2，白骨精十六岁

老版《西游记》里的白骨精太胖了，表情还总是喜滋滋的，是所有的女妖中最让我不服气的。我理想中的白骨精，就应该是瘦，瘦成一副骨架的那种瘦，市面上所有的蛇精脸都可以来演，因为也不需要表情。没有表情，就是白骨精的表情。这一点巩俐做到了。巩俐做不到的只是白骨精的洋气，对，白骨精还得洋气，就算是她自己说的，十六岁嫁到大户，那也得是城里家道中落了的小姐，嫁到了农村的大户。

嫁于大户后的那一年，她没有说，得宠不得宠的一年。反正饥荒一来，村人说她是孽畜，引来灾祸，要绑她去祭天，她的大户丈夫也没有为她开脱，由了村人绑去。不知道是不是巩俐的原因，我居然串场了，我串到了《大红灯笼高高挂》，一个女学生，嫁于大户做妾，不过是想好好做个妾，吃得上菠菜豆腐按得上脚底，年轻漂亮有文化，都免不了被遗弃。原来大户家里，最不缺的，就是妾。

她倒是说了她是怎么死的，轻飘飘一句，秃鹰啄食。我想像了一下那种死法，应该跟凌迟差不多，一口血，一口肉，直至白骨，这个过程，有多痛苦。难怪白骨要成精。

白骨精吃唐僧肉是想永世做妖，不受轮回之苦。我对妖的修行没有太大研究，应该也是跟人一样，隔几年就有个考核，考过了就是公务员，考不过就是灰飞烟灭，对妖来说，真的好过重去轮回。我相信很多今世是人的人也是这么想的，不想做神不想做仙我已厌倦，请让我形神俱灭吧，别再派我去轮回。

更何况是经历凌迟之苦的女人，做一个灰飞烟灭的决定有多坚定。唐僧偏要渡她重去轮回，还非要搭上他自己的命，到底是渡她还是渡他自己？盛情之下，白骨精最后那一笑，简直是苦笑。

白骨精说了两次十六岁。不知道是不是编剧有爱玲情结，桃花树下,十五六岁。十六岁嫁人,一年以后,被祭了天,所以她死的时候,应该是十七岁。十六岁十七岁,都是女子最好的年纪。

两次她都没有提十六岁到十七岁的那一年,什么样的一年?难道痛苦太过痛苦,记忆自动选择了遗忘。我记得小时候看过一百遍的一部电影,我也不想的,要不是电影台不停不停地重播。一支女子部队经过一个村庄,大冬天里,湖里有个捉鱼的童养媳,当然是捉不到鱼,岸上的小少爷就持了竹竿打,显然这快乐是比什么都快乐。部队赶走了小少爷,救出了童养媳,童养媳撩起湿透了的单薄衣衫,满身伤,肚子上还缠了一层又一层布条。不给吃饭,布条缠肚的画面,简直成为我的童年阴影。部队剪开布条,解放了童养媳,童养媳一气吞了两碗热米饭,然后跑了好几里,爬上了一架很高的秋千,童养媳的脸迎向太阳,饱满的大脸,崭新的金色的好生活在等待着她。

白骨精给唐僧讲故事的时候是说,最后,我逃走了。真相是她逃不走,绳索绑住了她,她只能受她一口一口被吃掉的苦,"逃走"两个字,是一个十七岁女子绝望中的最后念想。

所以听到这一句台词,他们想要的是真相,我看到的是心相。你不要笑。唐僧看到了白骨精的心相,她不做人了,她做妖,美美的妖,吃人,飞来飞去。可是白骨精的心相肯定停在了十六七岁,要不她怎么说不出来,她做妾的那一年。她被秃鹰啄食的缓慢又痛苦的过程,她想得更多的,不应该是丈夫的背叛吗?她都舍不得说出来,只说是村人愚钝,虐杀了她。

我写过一个小说《杀妻记》，只有一句。有个老公想杀了老婆，但他不是一刀杀掉她的，他每天杀一点，每天杀一点，每天杀一点。

这个小说简直是我写作路上的一个里程碑，我以后都写不出来了。我后来写过一个《老婆饼里有老婆》的惊悚小说，都超越不了它。

《三打白骨精》剧组花了那么多的钱做各种各样的魔戒特效，怎么不做一道十七岁女孩子被慢慢吃成白骨精的特效，难道要去指望观众自己的想像力？惯坏了的观众，只接受最后一场，千万白骨聚成一个真正巨大白骨精，或许这个白骨精才是白骨精的真相，没了下半身的白骨精，还把唐僧放在心口，跳跃着追逐孙悟空。孙悟空当然打得她七零八碎，观众们个个叫好。难道只有我看出悲凉的真相，成了白骨精的白骨精，坎肩还得是金黄的，睫毛还得是长长的，明明只是一个美美的姑娘。

贡献了一年身体仍然被遗弃，肯定还有爱情，不是身体不够美好，皮肉不都是假相。只是这世间的男子，除了唐僧，大概都不懂得看心相。

3，那些与 La La Land 有关的事

太多人说这个电影有什么好，不就是唱唱歌跳跳舞，我说什么好，我说什么都不好，就好像只有我看《Hail, Caesar》才会笑得上不来气。

我没有为了追寻梦想在 LA 奋斗过，可是我为了梦想奋斗过，不是在 LA，但是我奋斗过。我当然也错过了好男生，所以我会在戏院里哭出来，没有擦干眼泪之前我是不会离开座位的。是的没有人哭，没有人奋斗过也没有人错过过，除了我。

米亚试镜时候唱的那个歌，我后来又听了好多遍。我在巴黎有一个姑姑，冬天跳进冰冷的塞纳河里，他们都说她好蠢，可是她还是会再跳一次。这首歌就叫做《笨蛋不放弃梦想歌》，也是我离开又回来写作的歌。

什么样的离开？五年？十年？十五年？是啊十五年，叫是我还是会再跳一次。

所有青春时候干过的蠢事，为了梦想付出的眼泪，都不算浪费，如果再选择一次，还是这样，不后悔。

看完了电影的元宵节，没有吃汤圆也没有兔子灯，但是在脸书上撞见了一个人，十五年前，他在洛杉矶念比较文学，我还在圣荷西，我们没有见过面，可是我写了《那些与LA有关的事》，如果不是再遇见他，我都会忘了我写过他。

加州住了四年，洛杉矶却只去过两次。好像香港也住了七年，港岛只去过七次，一年去一次。

一次去迪士尼乐园，一次住在日落大道，想要去洛杉矶的中心看夜景吃晚饭，可是迷路了，看不到夜景，也吃不到晚饭。回到好莱坞已经夜深，亮灯的餐馆只有一间，鱼和冷了的面包，装在长颈瓶里的橄榄油，暗淡烛光，我看不到窗外的星光大道，那些星星都旧了。

第二天又去洛杉矶的中心，可是又迷路了，到了中国城，可是我在中国城也迷路。站在街角的男子给我指路，他长得很漂亮，黑头发，银耳钉，可是看起来忧伤。

然后就是两年以后了,突然想到了在洛杉矶的他,我们在鲜网各有一个会客室,他的照片是一个漂亮的男生,白衬衫,嘴角带笑。两年前我们都是新到美国,2000 年,他二十八岁,我二十四岁。

我已经完全中止了写作,即使我还有一个客厅。

突然开始想念他,突如其来的想念,在过去了整整两年以后。完全没有道理的,会去想念那样的一个陌生人。他在洛杉矶的生活是怎么样的呢?他一定很瘦,他的脸一定苍白,他的眼睛一定忧郁,他的水瓶星座的冷淡,就像我一样。真正的牵挂。

他是同志,我不知道是不是真的,即使是真的,想念他也没有错,那样安全的想念。

他应该和漂亮的人在一起,他们一起吃抹茶冰淇淋和古早味的台湾蛋糕。

我开始寻找关于他的一切,我希望我找到一个人告诉我他不是同志,或者他爱男人也爱女人。可是我找不到。这样也好。

他对我说过你好,当然只是在网路里,他是第一个在我的客厅里给我留言的人,他说,你好。两年以后,我写电子邮件问他还记不记得我,他说,记得。我说,我想和你说说话,他就不再写信给我了。我等待了三天,把发过的信又发送了一遍,我说总是这样,我的信箱总是坏,发不出去信,也收不到信。

那是我经常干的,如果我收到不愿意收到的信,我可以认为我从来就没有收到过,因为我的信箱坏了。如果有人没有回我的信,我就会再发送一次，告诉他或者她，你一定没有收到我的信，或者你收到了并且回了信，可是我没有收到，因为我的信箱坏了。我的自欺欺人的诡计。我永远都是那个掩耳盗铃的小贼，所有的人都知道我在干什么，除了我自己。我曾经以为只有很少的一些女人才会这么干，可是我看电影，不爱的男人和爱的女人，每当男人要告诉女人他不爱她的时候，女人就捂住自己的耳朵，一边捂一边语无伦次。我听不到你在说什么，我听不到，我自言自语我唱歌，啦啦啦，总之我听不到。原来女人都是这样。

我看到丑恶的东西就会告诉自己我是在做梦，梦醒了就好了。

我会忘掉我生命中的伤痛，故意地忘掉，真的忘掉，就是心理医生和催眠术也不能使我再想起来，可是我忘不掉全部的伤痛，不然我的人生就是十全十美了。

他回了信，他说对不起，他太忙了。他问我在圣荷西做什么？

我没有回复，我删了他的信，我不知道我为什么要这么做。我曾经那么想念他。

我知道我找不到他了，他就那样消失在了洛杉矶，不再出现。《那些与 LA 有关的事》就写到这里。

直到十五年以后在香港，我的朋友去台北书展，在脸书上发了他的照片，他还是很漂亮，瘦又苍白，时间遗忘了他，也遗忘了我。

我不知道他的这十五年是不是一直在写，一直在写。我只知道我的离开是确切的十五年，可是我终于回来，寒冷冬天跳进河水，笨蛋不放弃梦想。

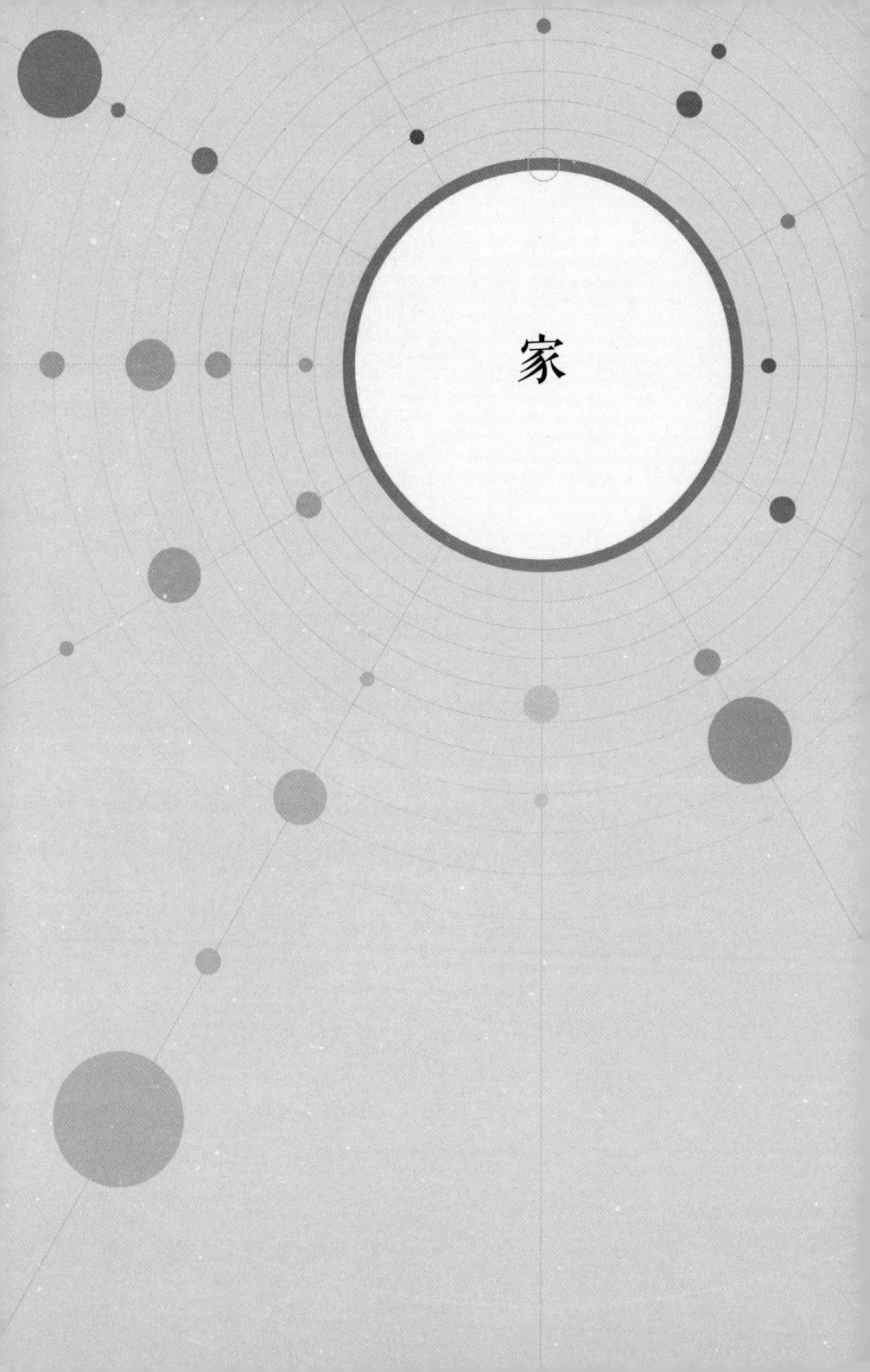

家

① 棋

我还是个孩子的时候就开始学棋,父亲教的棋,教了多年,我下棋还是纯粹的女孩子式的,不看棋谱,也不多思考,一模一样的错误我犯了二十年,犯了几百次几千次,永远犯下去。

后来我太忙,我每天吃过晚饭就坐到书房里写点什么,尽管我写得很不讨好,那些字对我对别人都是毫无意义的。我不下棋了,也不笑,我很少与父亲说话,我不愿意告诉他,我有多么不顺利,我的恋爱我的事业,它们都不太顺,可我从来不说出来,我在我父亲面前装出笑来,像个孩子。

有一天,旅行回家,我做的第一件事情就是翻棋盘和棋子出来,我对坐在沙发上的父亲说,我们下棋。

父亲惊异极了,父亲说,你怎么了?

我说,刚刚在车上,我在回忆,什么事情使我快乐,我想起来我的小时候,我没有什么心事,吃过晚饭,我们就下棋,三局棋,下完,就睡觉去,那时候我总是很快就能睡着,因为我太快乐,没有烦恼。我想回到小时候,那种没有烦恼的日子。

父亲不说话,他坐下来,像我的小时候,我们下棋。

我输了,输了三局。

我说,再来再来。

父亲说,不下了,再下下去,你还是输。

父亲说,你太心急,这么多年了,你还是心急,时间没有教会你成熟,你还像个孩子,从不思考,可有时候,你又思考得太多,纠缠住了手脚。你已经很大了,不能永远活在神话中,像下棋,你总是凭着感觉下,你从不考虑下一步,再下一步,于是,就没有了退路。我知道你的痛苦,你不说出来,可是我知道。

我坐在那里,望着父亲的脸,就要哭出来了。

后来,我不再那么急切地坐到书房里去了,写作是很重要的,但它终究不是最重要的。灯下,两碗淡茶,与父亲对弈,这样的幸福远远胜过了面对着电脑,焦灼并且郁闷地写字。

② 花

母亲爱花。我们的院子里种植了各种各样的花，到了夏天，葡萄藤的枝蔓爬满了栅栏，夜来香散了一院淡淡的清香。

母亲精通花事，她的仙人掌也会开出娇美的花瓣，小时候我曾学母亲把花籽散进泥土里，几天以后它们就长成了漂亮的太阳花。我就这样看着母亲的花长成花树，长成小丛林，而母亲总是静静地站在花丛中莳弄她的花。我看见了一盆特别的白茶花，纤细的花枝上只攀着一朵花，很单纯的白，我问母亲："明年它还会开出这么美的茶花吗？"

母亲说："开完花，它就死了。"

"明年它不会再开花了吗？"

"不会了，它已经死了，为了这次的开花，它已经竭尽了所有，它不会再开了。"母亲很平静地说着这些话："做花就是这样，这是它的选择。"

母亲最爱的花是玫瑰，那种花瓣深得像缎一样的红玫瑰。我一直都认为，玫瑰是情侣的花，我也一直认为，母亲生日的时候父亲应该送她玫瑰。可是每年母亲生日，我总是挑大束的红康乃馨送她，而父亲总是一脸严肃地包红包。我知道，母亲并不在乎钱物，母亲的心愿是父亲能送她一份礼物，一份她喜欢的爱的礼物。然而，他们都是很传统的人，我们的娱乐总是各自阅读各自的书报，我们的假期总是一家人在一起度过，我也从没有过晚了钟点回家，我知道他们会在黑夜中睁大着眼睛为我担心，所以我从不晚归家。他们恋旧，注重现实，他们似乎对时尚和浪漫无动于衷。

去年，母亲的生日，我选了珍珠做礼物，用华贵的盒子装着，又像往年一样，选了一大束红康乃馨，回到家，先给父亲看我的礼物，又问他："你又是红包吧。"

父亲有点难堪，小心翼翼地说："你能把花让给我吧。"父亲的鼻子上沁了细细的汗珠，他局促地搓手："我出钱买好吧。"

当晚宴上父亲郑重地把花递给母亲的时候，我看见母亲的眼睛里居然有了泪花。

我应该是最了解母亲的，我知道她喜欢玫瑰，我却总是送她康乃馨。我总是注重形式，只因为全世界的人都认为儿女就应该送给母亲康乃馨，只有康乃馨是母亲花，只有它表达了对母亲的爱。其实，每种花的意义都是美和情意。

母亲和父亲坐在沙发上，母亲总是在编织，父亲又是个粗糙的男人，从没有见过他说爱，说思念，可是每天傍晚他们固定地要去散步，他们总有耐心去看一场旧电影,他们坐着,絮絮地交谈。

有时候我会担忧,我在心里面想,为什么父亲不是一个浪漫的人呢?他总是不能了解母亲少女时代的梦想,他也总无法实现那些梦想。但我看着他们,他们坐在沙发上,靠得很紧,我想,也许代表爱的那朵玫瑰始终都藏在父亲的心里吧,不需要任何形式。

3 银

银是世界上最好看的东西。

银应该用来做首饰,而且越老的银就越好。我迷恋于银的变化,像一个女人,在小时候她是纯的,散发出迷人的光亮,时间久了,她不太亮了,并且呈现出另一种古怪的颜色,可是更美,像成熟妇人的美。

我有很多银的戒指,每一个都是我的故事。

我奶奶给过我一只镯子,我不喜欢奶奶的镯子,它很旧了,镯子上的云纹和花卉都是老的,有一朵花还是残了的,我从来不戴它,觉得它不美。

有一天有个走街串巷的银匠来到我们弄堂,我就拿了奶奶给我的银镯子,还有家里一套老壶的银链去找他,我要他给我做个现代样式的银牌,正面是有帆的船,背面是两个字——幸福。那块做成的银牌却让我痛苦,我看见它,就想起奶奶的银镯子来,我觉得我犯了罪,我一辈子都不原谅我自己。

我至今还记得银匠熔化那些银的样子，我站在旁边，很漠然地看着。银匠说，银不太纯。于是我又找了几件小时候戴过的纯银脚环给他，我看着他毁灭掉了那些银。而一切，其实都是我做的。

那些银，做成了银牌以后，又做出了一个俗气的大戒指，剩余的，还有一个银砣砣。银匠说，这小小的一块，几乎什么也做不成啦。我就说，不要了。我很坚决地说，不要了。

那只俗气戒指，我也不喜欢它，后来路过一个专卖假古董的小摊，就拿大戒指换他的小戒指，他不肯，还要我再给钱，终于换了一个银葡萄戒指给我，那只小戒指，用很脏的银做成，其中有一粒葡萄很黑很黑，洗了很多次也洗不去，就像一串葡萄中最烂的一粒，那粒烂葡萄让我沮丧极了。我把它和银牌串在一起，戴在脖子上，也戴了一些日子。

我在二十岁以前一直都生活在神话中，我看很多书，并且相信书里的神话都会成真。父亲送过一本书给我，威廉·萨克雷的《玫瑰与戒指》，书的作者只写悲剧，唯一的这本《玫瑰与戒指》，有一个完满的结局。书里说，这世界上有两件神奇的宝物，一件是红玫瑰，一件是银戒指，无论谁得到了这两件宝物中的一样，就会变成这世界上最美丽的人。书里的公主落难，沦为女仆，可是她在无意中得到了银戒指，她戴上银戒指，得到了爱和财富，然后她在婚礼上把银戒指丢进了大海。我总是不明白，她丢掉银戒指做什么？真正的爱情就不需要美貌了？

④ 宝石

母亲有一只红宝石戒指，父亲的礼物，她戴了多年，后来改戴一只铂金的小戒指，再后来我送了母亲一只蓝宝石戒指，可是那颗蓝宝石很快就丢了，母亲又开始戴那颗红宝石，我不知道她是怎么想的，是不是女人最珍爱的东西就是宝石呢？象征爱。

我也有过一只宝石戒指，爱过的男人，他的妈妈送给我的，很深的蓝。后来我离开他了，一直想把戒指还给他，找一个对的时机。有一天我出去，找不到配衣服的那个戒指，就戴了它，我也不知道我是怎么想的，以前我只戴过一次，在我得到它的那一刻，我戴着它，希望时间能够静止，我太幸福，活在爱中，我自己也以为我会永远这么幸福下去。可是后来，什么都改变了，我再也没有戴过它，和所有他的礼物一起，放进盒子里，时时想起，却再也不愿看见。

我太匆忙，拉开车门的时候被划了一下，我赶忙举起戴戒指的手指，靠近车窗，反反复复地看，我只求神不要让这颗宝石有丝毫损伤，我只有一个愿望，宝石完好，像我得到它的时候。

我一直都以为我离开了他，我可以心若止水，可这一次，这只戒指，让我知道，他对于我，还是那么重要，即使他开始生恨，做很多伤害我的事情，我都不会恨他。我相信这宝石里有爱，是我一辈子的爱。

我也知道，这世上的悲剧和不圆满，每时每刻每个地方，都在发生着。不长久，也就不要去想瞬间的美，回忆会痛苦。

⑤ 如意

21岁生日,可是我已经觉得我的一辈子都过完了。我忧郁,经常头疼,并且厌世。

我很早就睡了,有电话打进来,母亲在隔壁房间接了电话,听见母亲说,她睡了。还听见母亲说,你是她的好朋友,你劝劝她吧,她什么都不跟我说,我很担心。还听见母亲说,她在我们面前装得很高兴,她装出来的,我知道。

母亲听完电话,照惯例到我的房间里查看门窗和灯,她以为我睡着了。她关了唱机,关了灯,关了窗,又折回去,下了保险。

我在黑暗中,我说,关窗干什么?

母亲吓了一跳,她说,晚上窗要关关好。

我说,不要关窗,我胸闷,我要透气。

母亲站在窗那边,过了好一会儿,她说,要关,我真想把窗钉死,我总怕有一天你会真的跳下去。

我没有说话。我看不见母亲的面孔,在黑暗中,她看不见我,我也看不见她。只有寂静,多么寂静啊。

我在黑暗中开始流眼泪,我的眼泪把被单都弄湿了,我没有发出一丁点儿的声音,我咬住被单,试图控制住自己的眼泪。被单很清洁,母亲每天都把被单拿出去晒,母亲说过,晚上你睡在床上就会闻得到太阳的味道。可我的眼泪越来越多,我把被子蒙住了头,然后我再也控制不了了。我痛哭起来。

第二天早晨,醒了,我睁着眼睛坐在床上,希望永远这么坐下去。

母亲到我的床前,把一块翡翠挂到我的脖子上,她说,生日快乐。那块翡翠很凉,可是真奇怪啊,它马上就与我融合了,再也觉不出它的凉。母亲说,这是一个如意,选如意,是因为如意是你的名字,如意上的蝙蝠和云纹,是"流云百福"的口彩。

我想起来,一年前的生日,我和我的父母决裂,我试图用死来结束一切,因为我太恶毒,不知道要什么样的伤害才能让他们痛苦,我想我要死了他们才会后悔,他们才会痛苦,我要他们痛苦,我要去死,我死了就好了。

那些往事啊,只隔了一年,却像隔了一辈子一样,现在我若无其事地活着,可那块阴影一直烙在母亲的心里,她紧紧地抓着我,怎么也不放手。

我还是经常地做坏事,我知道我堕落了,就会不停地堕落下去,我有恶念,我做坏事,我却握住我的如意,乞求它原谅。它像母亲的眼睛,让我知罪。

⑥ 妈妈写了一封信：《最长的阶梯》

亲爱的肖恩同学：

你好！

妈妈正在去佐敦办事的地铁上，报上讲今天是"世界邮政日"，香港邮政依例在今天举行"邮递传情日"，鼓励以寄信的方式对家人和朋友"传心意"，表达爱。

妈妈就想要写这封信给你。

若不是这么挤这么挤的地铁，妈妈都要把过渡学校的那四个月忘得精光了，可是那四个月，每天都是这么挤的啊。

那段日子是怎么过来的？

就像神话一样。

早晨六点出门，乌溪沙到大围，大围到九龙塘，九龙塘到太子，太子到佐敦，走过长长的街道。

你穿着白衬衫，黑皮鞋，还背着重重的书包。

你跨上台阶，跟妈妈说再见。那是全香港最长的阶梯了吗？

每天傍晚带着妹妹推有手推车接你放学的时候，那就是全香港最长的阶梯。

可是，学校的校工也在那段台阶上跟妈妈讲过，你不要那么担忧，新移民也可以很争气的，我的仔也是这么大才来香港。可是，他考入了香港大学！

校工的脸都是往上的，很美丽。

妈妈想的是，我们不是新移民啊我们只是暂时在这里。可是，校工那么神气，谁都为她骄傲。

妈妈崩溃成碎片的日子，还可以打电话给别的家长，她们帮助妈妈把碎片粘起来，不让人看出破绽。妈妈反反复复地问，为什么要选过渡课程为什么要学广东话为什么要理解香港为什么要融入香港社会我们又不是香港人。也许是因为所有从美国来到香港的妈妈的朋友，小孩们都去了国际学校，去了直资学校，他们都不讲普通话了，他们讲比美语上流的英语。也许是因为妈妈需要时间，妈妈总是这样，住在香港却对香港排斥，住在美国也对美国排斥，妈妈回去故乡也这样，她说她的故乡都不是她的了，我的城已经不是我的城，妈妈讲她如今就住在一个《失城记》里。

你对这样的妈妈真是没有办法。

妈妈后悔过过渡学校也后悔过现在这所学校，后悔时长时短。妈妈说这已经是她为你找到的最合适的学校了,你以后会察觉到妈妈的话很多都不太靠谱吧。可是,总会得到点什么的,佐敦的路,最长的阶梯,没有什么是会被浪费的。

一切都会好起来,妈妈在想这些问题,妈妈也许需要更多的时间,妈妈知道你会一直陪伴在妈妈的身边,直到妈妈解决掉所有的问题。你看你真好,你七岁,你已经照顾了你自己,你学会了广东话,你认得了乌溪沙到佐敦的路,妈妈要说一句,谢谢你。

一切都会好起来,妈妈是这么相信的。

最爱你的,
妈妈

⑦ 球球的旅行

爸爸和哥哥旅行回来,给妹妹带回来了一只仓鼠。妹妹可高兴了,要知道,这可是妹妹的第一个小动物朋友呢。妹妹蹲在仓鼠的笼子前面,跟仓鼠说了好多好多话。就连十二岁的哥哥也跟妹妹蹲在一起,看了好半天仓鼠呢。

只有妈妈不高兴,妈妈说,房子这么小,还要养宠物。

话是这么说,妈妈还是腾出来了厨房门口的一块地板,让仓鼠的小笼子放在那里。这样,仓鼠就正式成为了这个家的家庭成员,妹妹给它起了一个名字叫球球,因为它长得,真的就像一个球球一样。

可是家里面最关心仓鼠的,其实是爸爸。爸爸下班回家,手都没洗,就去看球球,喂球球吃各种各样的人类的食物,有时候是一粒盐焗腰果,有时候是一个琥珀杏仁。这个时候,妈妈就在厨房里叫起来,妈妈说,爸爸有没有常识的啊?小动物乱吃东西会死的啊。

爸爸就更大声地叫,怎么会死呢?仓鼠就是要吃坚果的,就是要吃。

妈妈就放下手里的铲刀，走到厨房的门口说，可是不能是甜的咸的坚果啊，那么狗狗还喜欢吃巧克力啦？

爸爸犹豫了一下，说，对啊。

这个时候哥哥就大声地说了，狗狗吃巧克力会死哒。

爸爸就很生气地说，你们乱讲。

妹妹也只好参与进来了，妹妹说，爸爸真是什么都不懂的呢。

爸爸很生气地回房间了。

别人都叫爸爸是李博士，可是爸爸真的很多东西都不懂呀，爸爸总是找不到电器的开关，爸爸装的玩具电池总是反的。所以啊要是别人来到这个家里一看啊，哎，都是妈妈在拧电灯泡，妈妈在通下水道，妈妈在修遥控器呢。

不过这样也没有关系，努力上班的爸爸，很会干活还会干爸爸的活的妈妈，不经常打架的哥哥和妹妹，还有仓鼠球球，组成了一个很美好很美好的家庭。

妈妈带哥哥和妹妹夏天出门旅行的时候，由爸爸来照顾仓鼠球球。按照妹妹的要求，爸爸每天都会拍仓鼠球球的照片发给妹妹，妹妹从照片上看到仓鼠球球的笼子里出现了胡萝卜，生菜，玉米，甚至一整个苹果，全是爸爸干的，妹妹就会叫妈妈也来看，妈妈就会在电话里大声地叫，妈妈说爸爸太不尊重小动物了。

爸爸当然是坚持自己的做法，爸爸总是很支持他自己，爸爸说，一点问题都没有。爸爸小时候养过一只狗，那只狗是连玉米棒子都吃的。

妈妈就在电话里说，那是因为你把你的狗养得太饿了。

哥哥和妹妹没有听妈妈讲过她小时候养过的小动物，外公外婆提起过妈妈养的小鸡，小鱼，小虎皮鹦鹉，甚至一只小鹌鹑，妈妈总是要把话题叉开，妈妈说我不想谈这个。

哥哥说，一定是妈妈把小动物们都养死了，妈妈心里面太难过了就不想再提了。妹妹说，我也是这么想的。

有一天爸爸发来了一张大大的仓鼠笼子的照片，爸爸说，看看我买了什么好东西？我买了宠物店最大最贵的一个笼子！妹妹太开心啦，妹妹甚至跟妈妈提出来要提早结束旅行，回家看球球和球球的仓鼠笼子。

还有还有，爸爸说，我给球球买了一个好朋友。爸爸发来了一只小小的黑黑瘦瘦的仓鼠的照片，妹妹只看了一眼，妹妹一丁点儿也不喜欢那只新仓鼠。妹妹说，爸爸你不要让新来的欺负我们家的球球。

哥哥就说了，妹妹你不喜欢新仓鼠就给我好了，球球归你，新来的归我，我们一人一只。

妹妹说，不要。

过了一会儿，爸爸发来消息说，不好啦，两只仓鼠打起来啦。

妈妈当然又在电话里叫啦，妈妈说两只仓鼠是不可以放在一起哒，这是常识来的懂不懂啊这是常识。

妈妈放下电话，对哥哥和妹妹说，小动物的生命太脆弱了，很细微的看不到的伤口都会让它们死掉，爸爸太不小心了。哥哥埋头看电脑，没有说话。妹妹也叹了一口气,妹妹说,爸爸总是太不小心了。

妹妹旅行回来做的第一件事情就是看仓鼠,爸爸终于还是把它们分开了,球球还是住在旧的小笼子里,新的仓鼠住在豪华的大笼子里,妹妹就不高兴了,妹妹说爸爸对球球太坏了。

爸爸解释说,新的仓鼠灵活,大笼子里的各种玩具它都可以用到,球球太肥了,连大笼子的二层都爬不上去,球球也习惯了自己的小笼子。爸爸一边说,一边给球球舀了一勺粮食,粮食里面有粗粮也有瓜子,但是球球只挑瓜子吃,因为瓜子香口,仓鼠球球是一只挑食的仓鼠。

爸爸没有给新来的仓鼠食物,因为它吃得太少,也常常躲起来,不让人看到。爸爸说要不要给新来的仓鼠也起个名字啊?

妹妹说,不要。

有一天早晨,妹妹发现新来的仓鼠有一只眼睛红了,它也不吃东西,也不怎么动,它躲在一个角落里,红着眼睛。

放学回来,妹妹觉得新仓鼠的眼睛红得更厉害了。

妈妈打电话给爸爸,因为是你买回来的仓鼠,所以你要带它去看医生。

爸爸的声音比妈妈还要大,我要上班!你带去看!

妈妈都要哭了,妈妈说,为什么要我来面对这个事情,你为什么非要找这样的事情折磨我。

哥哥和妹妹觉得这一句话很重,所以哥哥和妹妹都不说话了,哥哥看电脑,妹妹小心地看着妈妈的动静。

妈妈开始打电话，区里的动物医院都下班了，妈妈开始给别的区的动物医院打电话，终于有一个医院说看仓鼠，可是医生休假，只能再转介到下一个区的医院去。

小动物不可以搭地铁，妈妈和妹妹带着小仓鼠只好坐的士，哥哥不去，哥哥说有功课要做，妹妹说哥哥是不想面对，妈妈没有说话。

的士司机并不认路，绕来绕去，电话打来打去，终于找到动物医院，天全黑了。

妈妈和妹妹坐了好一会儿，有很多人带动物来看病，大部分是狗狗，护士待狗狗很亲切，妹妹觉得心里好过一点了。可是小仓鼠的情况变得更坏，像是完全不动了。妹妹又很饿，因为已经是晚饭的时间，妈妈像是完全忘了晚饭，妈妈只是坐在那里，脸色非常非常地难看。

妈妈拿着一支笔，护士要妈妈填表格，妈妈填了很久。

妈妈问妹妹，新来的仓鼠叫什么名字？

妹妹一愣，妹妹说，我有时候叫它小小。

妈妈就在表格上写下了，Xiao Xiao。

妈妈又问妹妹，小小多大了？

妹妹说，我想爸爸带它回家的那一天是它的生日吧。

妈妈就在表格上写下了，三个星期。

妈妈把表格交给护士，说要带小朋友吃饭，等一下再回来，护士却说，医生马上就可以见你们了。

妈妈和妹妹只好又坐了一会儿，可是终于看到医生的时候，妈妈和妹妹都觉得肚子饿和等待都是值得的了，因为仓鼠小小被很小心地放在了柔软的白毛巾上，它看起来好多了。

我给小小喂了水。医生说，它脱水了。

您给小小的眼睛滴消炎药水了吗？妈妈问。妈妈不是很熟悉这个名字，念到小小这个词的时候，妈妈明显停顿了一下。

应该不是这个问题。医生说，我怀疑是小小的口里长了肿瘤，那个肿瘤影响了它吃东西，甚至它的半边面，不仅仅是眼睛。

妈妈和妹妹都吃惊地望着医生。

是因为喂养方式的原因吗？妈妈问。

这在小动物中间算是常见的问题。医生说，我自己都有一只仓鼠宠物，因为地方细小，很多人都会选择仓鼠做宠物，但是肿瘤的问题真的蛮普遍。

只是怀疑。医生又说，因为小小很不配合，要给它注射麻药才能看到它口里的情况，但这是有一点风险的，很多小动物会撑不过去。

我们不同意用麻药，妈妈说。

那就吃药吧，减轻痛苦。医生说，还有营养素，它自己不能吃东西。

好的，妈妈说。妈妈花了五分钟学会了喂药的手势和方法。妹妹看到妈妈的手抖得厉害，可是仓鼠小小很乖地被妈妈的食指和拇指握住，妈妈往它的嘴里注射调配好的绿色液体，小小很努力地咽下了那些液体，一小管营养素，喂了另外的一个五分钟，小小的半边面，果真是肿的。

妈妈问医生的最后一个问题是，小小是个男生还是个女生呢？

医生回答说，很抱歉，小小太小了，我看不出来。

妈妈给妹妹买了一份心太软配雪糕作晚餐，因为动物医院旁边只有一间甜品店，妹妹也不想吃别的。妈妈不吃晚饭，妈妈说她什么都不想吃。仓鼠小小的笼子摆在桌子的下面，好像睡着了。

妈妈小时候的鹦鹉是在一个冬天的夜里死掉的。妈妈突然说，因为我把它们留在阳台上了，那个晚上特别冷特别冷，风刮了一夜。

妹妹的心太软还没有来，妹妹坐在桌子的另一头，妹妹看着妈妈的脸，妈妈的脸藏在店子的阴影里面。

其实半夜里我醒了一次。妈妈说，我想过去一下阳台，把鹦鹉收回屋内，可是我太不想离开温暖的被窝了，我就又睡着了，我居然又睡着了。到了早上，我马上跑到阳台上去看我的鹦鹉，当然，它们都死了，而且冻得硬梆梆的。

妹妹突然哭了。

回去的路上，妹妹问妈妈，小小会死吗？

妈妈说，我们带它看医生，喂它吃药，我们做了一切，一切都会好起来。

可是回家以后，已经躺到床上的妹妹听到房间外面，妈妈对哥哥说的是，妈妈一直都没有办法面对，养宠物这种事情对妈妈来说实在是太残忍了。哥哥耳朵里塞着耳机看电脑，哥哥不说话。

仓鼠小小是在第三天的早晨走的。三天里，爸爸和妈妈都喂过小小药和食物，每天三次，每次三种药。妈妈喂完药，清洗吸管的时候，对蹲在笼子旁边的妹妹说，妈妈连小虫子都不敢碰的，这次却要抓起小仓鼠，妈妈鼓了最大的勇气。而且每一次摸到小小的身体，妈妈的心都会疼，小小的身体总是湿答答的，妈妈会去想这么做到底有没有意思，对还是不对。妈妈说，妹妹知道那种心疼吗？妹妹说，知道，妈妈很疼。

妈妈要爸爸把仓鼠小小带去后山，这一次爸爸很听话地去做了，还有哥哥和妹妹。妈妈没有去，所以妈妈也不知道仓鼠小小最后会在哪里。

妹妹说，小小走了，再也不会回来了。爸爸说，小小变成了别的小动物，肯定是一只小鸟，因为小小很灵活，总是动来动去。也许是蝴蝶呢？妹妹说，小小肯定会想要变成一个会飞而且美丽的小动物。哥哥没有说话，哥哥看着天，天上没有星星，哥哥也不敢像往常那样塞着耳机打手机，在爸爸的面前。

妹妹在周末的油画课要求老师教她画仓鼠，妹妹画了两只仓鼠，很亲密地挤在一起，左边是球球，右边是小小，它们在妹妹的画里成为了最好的好朋友。妹妹把这张画放在书桌上，妹妹说，小小走了，再也不会回来了。哥哥说，小小去做别的动物了，小小不想再做仓鼠了。

现在家里只有仓鼠球球了，就像一开始那样。仓鼠球球很爱吃，也很爱睡，可是妈妈知道，球球到了深夜，就会很用力地咬它的笼子，咬上整整一夜，好像要把笼子咬破一样。

十一月末的一个凌晨，妈妈突然起了床，妈妈觉得太热了，妈妈坐到沙发上，听到了沙发靠着墙最里面塞塞窣窣的声音。妈妈第一时间想的是球球从笼子里逃出来了。妈妈跑到球球的笼子那里，翻了个遍，球球果然逃走了，妈妈不敢相信自己的眼睛，妈妈更不敢相信这个世界上还有这么神奇的事情。

突然的热和突然地起床，坐到了沙发上面，听到了沙发下面的声音，这样神奇的事情。妈妈把爸爸叫起来，妈妈说，球球跑了，在沙发下面。爸爸习惯地反驳，爸爸说怎么可能？像妈妈那样翻过球球的笼子以后，爸爸相信了妈妈，爸爸抱走了沙发上面的垫子，妈妈移走了沙发旁边的家具，爸爸和妈妈要搬开沙发，找到球球。

爸爸妈妈两个人一起搬沙发，搬到一半，妈妈察觉到有一双小黑豆般的眼睛正在注视着她，妈妈回转身，是球球，肥到肚皮贴在地板上的球球，它爬到了沙发的另一侧，很靠近阳台落地窗的位置。妈妈赶紧把阳台的窗门关上了。球球目不转睛地盯着妈妈，一动也不动。妈妈又在房间中央转了几圈，找到了一包瓜子，人类的瓜子，烤过的很香口的瓜子，妈妈把瓜子一把倒在地板上，妈妈觉得很爱吃的球球会自己爬过来吃，妈妈生怕球球转身逃掉，小小的小动物，真的会找不到。

球球没有动，球球看着妈妈，妈妈在地板上倒了一堆香瓜子。

爸爸走过去，一把抓住了球球，爸爸把球球放回笼子，爸爸说，你这个小东西，你还会逃跑啊。妈妈嫌弃地看了爸爸一眼，聚拢了地板上的瓜子，也放进了球球的笼子。妈妈不想让球球觉得她是在骗它，而且，吃一点儿人类的食物，应该也没有什么大不了的吧，尤其在球球经历了这样的旅行以后。厨房门口到客厅的沙发底下的一夜，对一只仓鼠来说，是很漫长的旅程呢。

早上哥哥和妹妹起床，也觉得这是很神奇的事情。妹妹的同学也养了仓鼠，可是同学家的仓鼠总是丢，丢了以后同学的爸爸妈妈就会给她买新的仓鼠，已经是第五只了。妹妹跟妈妈说，我们家的球球永远都不会丢。妈妈说，对，我们家的小动物都是最珍贵的。妹妹就和妈妈一起笑起来了。

妈妈给爸爸打了一个电话，妈妈从来不给爸爸打电话，在爸爸上班的时间。

妈妈说，爸爸知道昨天晚上仓鼠逃出来了吧？

爸爸说，当然知道啊，还是我亲手放回笼子的呢。

妈妈说，好像做梦一样哎。我想了一天，这个事情。

爸爸笑了一声。

妈妈说，我一直不能理解到哎，爸爸为什么非要带仓鼠回家，而且是第二只仓鼠，还有那么大的笼子。

爸爸说，可是它们给了孩子们多大的欢乐啊。

可是它们给我制造了多大的麻烦啊，我很讨厌清理哎，而且，妈妈说，这些小生命让我太痛苦了。

爸爸说，我在网上查到仓鼠的生命只有两三年，它们可以陪伴我们的时间最长也不过这两三年，那谁说的，生命都是用来浪费的，既然浪费，就浪费在有意义的事情上面吧。

妈妈说，好啦，都不知道你在讲什么，反正以后再也不许有新的小动物进门了。

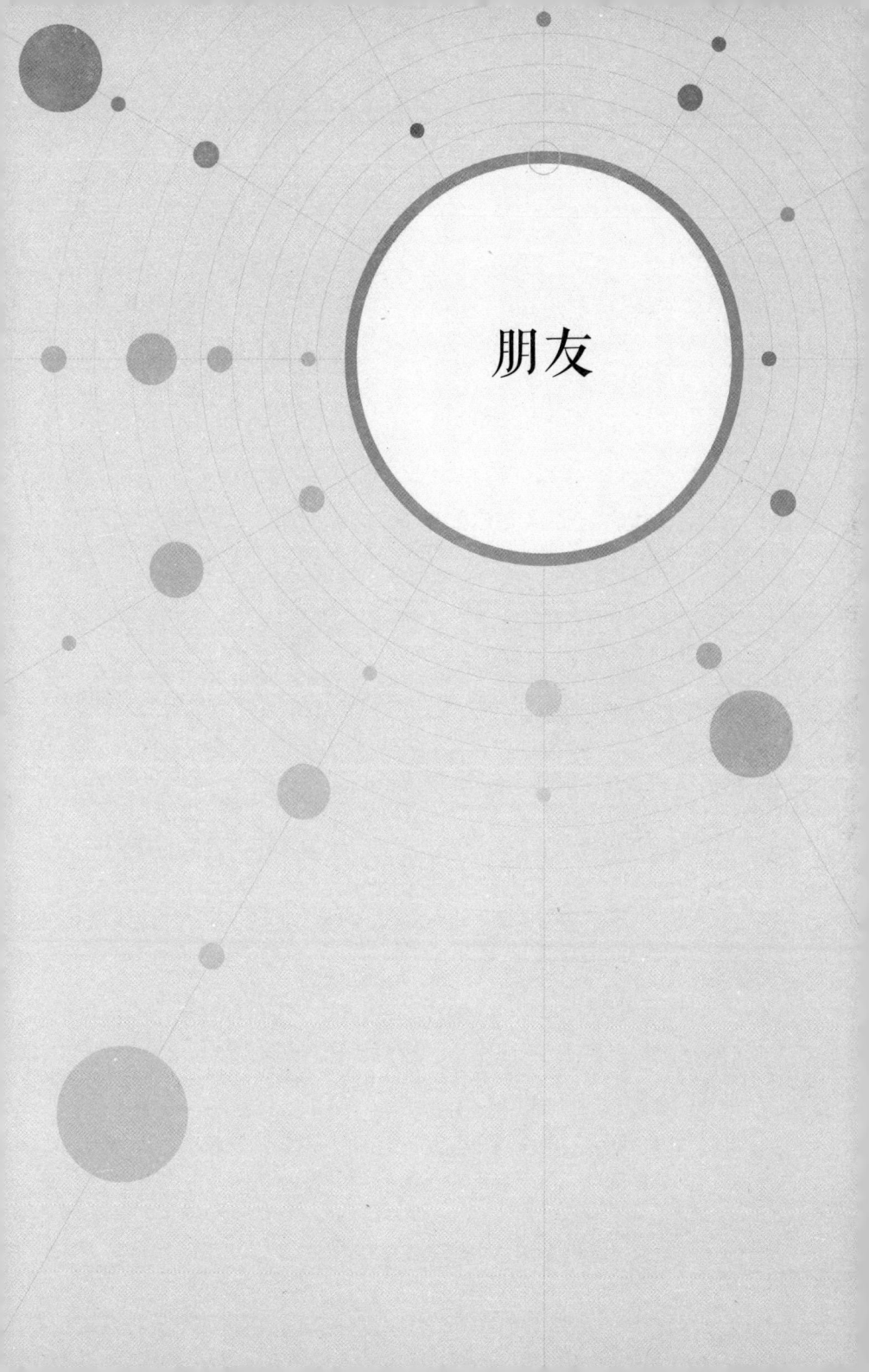

朋友

① 我们的荆歌

我把江苏男人分成两种,一种是南京的,一种不是南京的。所以二十年前我要经常出去开会的时候,我的眼前就会自动划分出两堆男作家,一堆是南京男作家,一堆是非南京男作家。荆歌就是一个典型的非南京男作家,但他也不是苏州男作家,我最早听说他打了吴江文化局的领导,我真是佩服得一塌糊涂,我也一直想打我们常州的领导,但是我一直都不敢。所以开会的时候,我难免要多看他几眼,他又一直端了个专业相机拍来拍去,整个会场,只有他,满场飞,连大会自己的摄影师都得多看他几眼。每次他拍到我这儿的时候,我就得转过脸去,或者用头发把自己的半边脸全遮起来,他就转到另外一边去拍,孜孜不倦地,我只好白了他一眼。所以他那里肯定有好多我翻白眼的照片,交情要好,他肯定是不会拿出来的。

二十年前开会的时候,大家都挺年轻的,没有人需要睡午觉。会议的中场休息,有人开始下棋,有人开始打点牌,我这样儿的,就靠在旁边看看，我也不是没下过场子，但是每次都会因为打得太坏了被轰走，实在是三缺一得狠，他们宁肯不打了，也不带我。荆歌好像什么都不会，或者什么都不感兴趣，所以我俩就站在旁边有一搭没一搭，我说荆歌啊，你的两个眼睛靠得太近了啊。他就说，你的两个眼睛分得倒挺开的嘛。我那个时候是那样的，生怕别人看出来我小，二十岁穿成四十岁，一出口都是"你们年轻人"。而且我还很暴躁，一个《雨花》的会，有一个人跟我说她叫周洁，要不她改名，要不我改名。我说，反正我不改，要改你改。她就改成了叶弥。我跟其他的七零后作家也没有什么交集，1970 就是 1970，后什么后，就是到现在我也是这么认为的。

我就是太讨厌开会了，天天开会，我还得开我自己单位的会，我后来调到常州市文联做专业作家了，他们还叫我出来开会，我就离开中国了。我的世界终于安静了。十五年以后，我回来写作，发现他们还在开会，酒桌上敬来敬去，还加上了睡午觉，我真的是失望透了。

所以我看到《苹果日报》上用了整幅报道了荆歌辞主席的事件，我就觉得他肯定也是烦开会。我就很高兴地去关心了一下他，他很生气地说，不是这样的！我说，那是怎样的？他说，根本就不是你关心的东西嘛，你对珠子瓶子都没有兴趣的，你对什么都没有兴趣。

他说我对他的那些好东西没有兴趣，我就想起来，我刚搬回来的时候去过一次苏州，他请我吃了好吃的，还带我去了叶放的园子，然后他拿出了他的那幅七零后美女作家图，要我在上面写点什么。我一看，上面已经有了好多老师的字，程永新的字，给身体一条出路。谢有顺的字，美女无度。宗仁发写了一堆，然后是苏童的字，向他们致敬。我就有点混乱了。我说，我不写。荆歌说，写吧。我说，我不会写毛笔字。荆歌把一支毛笔塞到我手里。那个时刻，我真想夺门而去啊，但我又做不出来。我只好摸了一下画卷的边边，在金仁顺的"无言以对"旁边找了一处空白，手抖啊抖地写了两个字"十年"。我说十年了啊？十年了，荆歌答。真快啊，我说。

所以后来荆歌来香港浸会大学参加国际作家工作坊，又是隔了五年的事情，时光飞起来，真不是开玩笑的。

我约他喝茶，我也不回家，我只有在朋友们过来香港的时候才会见到他们。地铁站见到他，他真是完全没有变化的，跟五年前一个样儿，跟十五年前一个样儿，更过分的是，跟二十年前的样子也是一样。

他送给我一个镯子，我很喜欢那个镯子，马上戴在手上。虽然是在香港，见到家乡来的人，还是想哭的。上一次在叶放的园子，他也是要给我一个香插，玉制的，圆圆的，像一颗球。我说，我不要，我都不用香的。他倒要生气了，真生气了。我收下了，他马上就高兴了。我从来不收人东西，是怕欠人的情。但是荆歌送的镯子和香插，我真不觉得会欠了他，他就是会送给美好的人美好的东西，他喜欢的，他就想要你也喜欢，都是发自内心的。他跟我说他喜欢上了一个谁的时候也是发自内心的，他的喜欢，都是真的，干净的。这个谁，我是打死都不会说的，如果他自己说出来，那就是他自己的事儿了。

但他也真的是不太喜欢我现在的安静,他一直一直地说,你不一样了,你不一样了。我安静地说,怎么会一样呢?女人的二十年啊。我心里想的是,他肯定是觉得我没有年轻时候那么漂亮了,我再也不要出去见人了。

所以隔天他在香港文学馆的活动,我去的时候是想了一想的,我当然还是去了,文学馆的绿沙发旁边,我坐在他和葛亮的后面,给他们俩的后脑勺拍了一张照片。我们江苏的男人,就是这么帅的。

② 巫昂姐姐

还是十年前在美国的时候，我做了一个梦，关于我和巫昂都认识的女作家A。

早上醒来趁着记忆还算清晰，我把梦记录了下来发给巫昂，那个时候当然还没有微信，我们用的MSN，只有在线的头像才是有颜色的。

一个熟人的聚餐。梦是这么开始的。A看起来很多朋友很开心的样子，散场后她去隔壁的一个房间，那儿有好多女老师，A问她们借袖套，她们说没有，她就走出来，穿着一双不是自己的拖鞋。我说，为什么你穿拖鞋？A说，大家到这儿来不都是穿拖鞋的吗？我看看自己的脚，我穿的是一双雨靴，蓝红格的雨靴。我说，我不是穿着自己的鞋嘛？她说，我们换一个酒吧玩吧，我们就一起走到外边，乡间的水泥路，路旁是树，还有A的一个朋友，三个人，在路上走。她俩走在路的正中间，我在偏右的地方，我总觉得走在路的正中间挺奇怪的。突然传来巨响，眼前一片雾茫茫，什么都看不到了。我心里很不安。

烟雾散去，A不见了。

发过去以后，巫昂没有回复我，我就说，你在听吗？

她说她在，她刚才在做关系分析，她说，你内里有能量，A的能量是虚浮的。你心里有心结，这些事情。

我只好说，是的，我心里很难过。

巫昂说，你的生活很完整，这比什么都要紧。

这个时候，我与她都不是很熟悉的，我们甚至从来没有见过面。我只知道她也是水瓶座，会做各种分析。就能力值来说，我简直是拉低了整个水瓶界的水平线。

然后我们就聊了海阔天空的五千字，如果放到今天来看，肯定是一个很好的对谈。可是我们肯定谈了星相谈了谈恋爱谈了过去未来，一句写作都没有提到。我们也不太在乎，我们想谈什么就谈什么。

现在能够想起来的几句就是巫昂说的。清除掉一些关系，重启另一些，这么过一辈子也有趣，跟好几辈子一样。过过常态的生活很好。青春期就是要耗这些个的，不谈恋爱干什么？月朗星稀。

我说的。我当人类是亲人，人类当我是妖怪。要通讯录干嘛？

2015年，我已经搬到香港，千辛万苦地回来写作，出了一本随笔集，是的随笔集，而且封面是黄色的。就跟我不愿意寄书给评论家，我的出版编辑就会做我的工作说，我们也知道他们不看，但是咱们得寄，咱们得表示敬重。我说，我滚回美国了。编辑说，你能好好说话吗？我的第一本随笔集的出版编辑是这么说的，别老惦记着小说集了行不？要不是我从小看你的书长大，你这一套随笔书都出不来。我说，封面别是明黄色的行吗？编辑说，还有比黄色更明显的颜色吗？我说，不要腰封行吗？编辑说，别人都有你没有合适吗？

我就带着这么一本黄色的，腰封上推荐人的名字比我名字还大的随笔集来到了北京，巫昂作为我的嘉宾，出现在我的新书发布会，这是我第一次见到她，也是目前为止，唯一的一次见到她。这个北京之旅，我要是写下来，会是一个长篇小说，但是我是不会写的。

还有一个嘉宾是阿丁。你知道吗，我也许什么能力值都很低下，但是看人，我一般是不会看错的。巫昂和阿丁，肯定是全地球最好的好人。

这个活动，巫昂在她的文《那些飘零异乡的灵魂和空心人》里已经说了："周洁茹戴上眼镜，竟是一个特别语无伦次的小说家，一场活动，有99%的话，是我跟阿丁替她说的，她像那种久别大陆，无所适从的精神上的海归，每句话都不知道该怎么说才说得到点子上。"要不是巫昂和阿丁，还有我们的朋友胡赳赳，孙一圣和王苏辛，潘采夫，我出版编辑的闺蜜侯磊，这一场会，都不知道怎么开下来的。实际上我的每一场会，我都表现得好像走错房间，手里还拎着个酱油瓶子。

所以对于这几位，我都是满怀感激的，以后他们要是有事，我肯定也是会第一时间出现的，但是我首先要做到的，就是让自己好起来，更好一点，可以出现在他们的面前。

会后的情况，我在写胡赳赳的文《赳赳》里提到过，我们肯定一起去了一个地方,窗口肯定可以看到最亮的桥,再也没有人喝大,忘掉自己的包包。我肯定拍了好多张阿丁的画,巫昂的画,竖着的,横着的。胡赳赳肯定给潘采夫煮了一包方便面,还有酒,每个人也都喝到了好酒。

那个地方,就是巫昂在她的文里讲的,新周书房。"胡赳赳离开《新周刊》,这个高悬北京 CBD 的书房,也就没了。"巫昂是这么说的,"所有的砖瓦门窗,都化作破碎的羽毛、骨骼和血肉,从高空中坠落与飘散。"

实际上那个晚上,我们还玩了一个极其神秘的神鬼游戏,但这得巫昂姐姐来写,我暂时不知道怎么写才好。只有巫昂,我才管她叫巫昂姐姐,我特别讨厌那些写东西的人以兄弟互称,我管所有的人叫老师,礼貌,也是疏远。但是阿丁也管巫昂叫巫昂姐姐,我是要跟他争的,巫昂只能是我的姐姐,不是任何别人的。写到这儿,我几乎看得到巫昂的脸,端庄的大婆脸,最有福气的鼻子和耳朵。实际上我们俩都长了一张这样的脸,但是她肯定要更有福气一点,她的眼皮是双的。

我们再也没有见过,我去北京,她还送我礼物,一条全地球最美好的玉石项链,我呢,我肯定拉高了整个水瓶界的没心没肺线。

我知道巫昂在江苏文艺出了《入口即化:巫昂的美食天涯》以后就去问黄孝阳要她的书,我可从来没有问他要过什么书,一本都没有,黄孝阳爽快地说,好的,巫昂的东西挺好的。他可从来没有说过我的东西挺好的,如果我管他要我自己的书,他肯定也是不给的。

等待巫昂的书的间隙,这个间隙,很可能是一年,也可能是三年,因为黄孝阳在南京，我在香港，如果他不来香港，我也不去南京，他就没有办法把巫昂的书亲手交给我。这个间隙，我去网上订了巫昂的这本书。实际上这是我第一次也是唯一的一次订不是自己的书给自己。我理直气壮地说过，我就是不看任何谁的书；可是我订了巫昂的这本书，如果你觉得你都订了为什么还要去跟出版社要呢？好吧我就是想让你们知道，我有多爱她多重视她，真爱和真正的珍视。

2008年，我跟她的最后一段MSN对话是这样的，我把它记录了下来。

巫昂：到一定时候，明白了道理，理性过自己的日子，这就OK，四五十岁耗在文艺界干嘛。

周洁茹：我们才三十岁。

巫昂：我就说将来看着有够凄凉，一个老阿姨。

周洁茹：好多老阿姨。

③ 赳赳

我忘了是我先去北京还是胡赳赳先来香港了，好多年前的事情，我又没有写日记的习惯。

但是香港的那次我是记得太清楚了。冰逸在唐人的个展，胡赳赳说有北岛，我就去了，那是我第一次去上环，北岛还是我的男神。

我穿着牛仔裤和球鞋，找荷里活道找了一个钟头，走进唐人的那个瞬间，我还很茫，所有的人都太懂艺术了，除了我。我站在一个纪录片作品前面，看了十分钟完全不动的长江水，直到胡赳赳找到我。

胡赳赳好像给我解释了冰逸的每一个作品，诗人和一半花朵一半精灵的爱人，如今我只记得冯唐的喜怒哀伤，还有摆在船头的摄像机，滔滔江水，从重庆到南京。

冰逸之前，我们在深圳还见过，或者冰逸之后，那是我十年来第一次见人，而且是见一个比我还小的人。我们好像说了很多话，其实那是我状态最差的一年，我从没有那么茫过，我在生活和写作中间晃荡，找不到平衡的点。那些话我也都忘了，但是我记得那间空空荡荡的寿司店，胡赳赳选择的角落里的背后要有墙的座位。

然后我就去北京了，或者胡赳赳又来了一下深圳。我们肯定一起去了谁的家，去的路上我肯定质问了他有没有去过东莞，那个谁肯定喝大了，可是喝大了他也肯定没有弄丢他的包包，还有还有，日料店的屏风肯定倒了下来，砸到了谁的头。深圳的大房子，胡赳赳去了厨房，找到了最好的那支红酒，每个人都喝到了好酒。回去的路上，月亮太圆了，我反复地反复地问他，我怎么办呢？我该怎么办才好呢？他说，没事的没事的，回家吧。

然后我就去了一下北京。2008 年，只有胡赳赳和兴安跟我说话，兴安说的，控制叙述，你太挥霍了。胡赳赳说的，你需要美好的坚定的信念。

他带我去了 798，可是我一点兴趣都没有。在他录一个访问的时候，我溜了出去，外面是水泥地，很多树，摇曳多姿的树叶，我看树叶看到他的访问做完，再带我离开那儿。

第二天我又去了 798，我买了一张肯尼亚小孩画的树给张小跳做生日礼物。只有一棵树的儿童画，树干是棕色的，树叶是绿色的，很多树干，很少树叶。木林森计划，所有卖画的钱都用来恢复肯尼亚的森林，徐冰说了很多话，我只记得这一句，画的树变成了真的树，小孩们就会意识到，创作就能为社会做点什么。

一直以来，所有的画展我都是不去的，所有的画我也都是看不懂的。我初中时候的美术代课老师说的，同学，你画的全是平的。我问我的同桌，他是什么意思？同桌说，老师的意思是你是个完全不会透视的小孩，你看到的一切是平的，你画的一切就是平的。我说，我怎么会透视呢？我是 X 光机吗？

我的同桌后来专业绘画，甚至倾尽所有去中央美院学习，在成为一个很美好的家庭主妇之后，绘画成为了她更为美好的爱好。上个星期因为我决意回来写作，她与我断绝了关系。她说，做回一个上蹿下跳的你真是太可悲了。

然后我的一个还留在加州的女朋友给我看了她的老师 Marc Trujillo 的一幅画，Costco 的一个转角。这个女朋友是生物化学学士数学硕士，又决意回去学艺术。她说她被生出来的那一天就知道自己是要学艺术的。我就哭了。我当然也是生出来的那一天就知道自己是要写作的。可是我哭不是因为这些那些出生时候的理想，我只是为了那一个转角。

我几乎忘记了的在美国的瞬间，厌烦，疲惫的周末，巨大的手推车，无边无际的食物和未来，不快乐的过去了的但是永远不会遗忘的时光。

六月，我为了我的随笔书《请把我留在这时光里》去北京。真的是隔了七年，七年才去一次的北京，这一次是云南菜和干锅，还有巫昂，让我想起来七年前的烤鱼和张小跳。我们肯定一起去了一个地方，窗口肯定可以看到最亮的桥，再也没有人喝大，忘掉自己的包包。我肯定拍了好多张阿丁的画，巫昂的画，竖着的，横着的。胡赳赳肯定给潘采夫煮了一包方便面，还有酒，每个人也都喝到了好酒。回去的路上，月亮还是很圆，兆龙饭店老到再也不会让我害怕了。

　　我睁着眼睛等天亮，天还没有亮我就去了机场，集市一样的机场，没有空气也没有网，我想的全是我再也不去北京了再也不去了。飞机快要到香港，窗外是海面与岛屿，我头一回觉得香港才是我的家，这种感觉太吓人了，太没有办法了。

④ 棉棉为什么写作

2016年的第一天,我一直在想为什么写作这个问题。棉棉已经在夏天写了她的《我们为什么写作》,我还在想这个问题,一直想到现在。

有位老师告诉我,我在2015年尾还是出现了两个失误,一是我像一个小年轻新作者那样在朋友圈发了一个年终总结,告诉大家我在这一年发表了五个小说四个散文三个创作谈,我还说我努力了。老师说,你何必,你应该更淡泊从容些,你又不急缺什么。我说,我是不急缺啊,我能写一个字我都对我挺满意的,可是我是写了啊,我写了我为什么要把它们藏起来?淡泊还从容,装吧就。这就是很多老师的问题,心底里的欲望很深,还要掩着盖着。绝对能够忍出鼻血。

所以我还是喜欢小年轻新作者,大家都有写的欲望,大家都不藏着欲望,深的浅的多的少的的欲望,告诉了全天下,我在写。我也当我是一个不年轻的新作者,我从头开始,这个心态我自己觉得很珍贵。

写作的道路上,我是第二年。若说是还有什么以往的经验,隔了二十年还要考虑二十年的经验,我自己都有点看不起。时代都不同了,年年都不同,何况二十年。

棉棉说我"无论写或者不写或者又开始写,一直在用文字质疑生活,叙事和炫耀从来不是第一兴趣"。所以作家写作家就是比批评家写作家好多了,主要是有感情,批评家也许都是对的,但都是没有感情的。这种无情又是必须的,感情会影响很多人的判断,主要是批评家。

我住在美国的时候老是梦到棉棉。一个上海老公寓的楼道,每个转角都是自行车,很多自行车。可是我并没有去过她的公寓,我去的是她在莘庄的独幢房子,和好多女孩一起,她坚持说还有韩东和吴晨峻,可是我只记得女孩们。

我为什么要去上海,可能是《小说界》七零后的会也可能是《萌芽》新人奖的会,我记得这么清楚并且觉得这很重要是因为一切都发生在我的二十岁,像一个成年礼。我肯定和谁合住一个房间,肯定不是棉棉,如果有人在会期的其他时间来找你,同房间的那个女孩就会知道。可是没有人来找我,那些女孩,我也一个都不认得。会是怎么开的我全忘了,我们最后留下了一张大合影,每个人都很好看,新人都是好看的。开完会搭地铁搭接驳车去棉棉家玩儿,接驳车上有个女孩问我借电话打回家,女孩长得很好看,我就觉得我们都是写作的朋友,我们永远写下去。

女孩们坐在沙发上吵吵闹闹,一定发生了好多事情,我只记得一个阳台,露天的大阳台,天都黑了,还有月亮,她说,你看我有全世界最棒的阳台，在阳台上做爱看星星看月亮。二十年以后，我问她还记不记得这一段，她说她根本就不可能说那种话好伐。于是那个阳台，铺了木地板的大阳台，那么是我自己这么想的，在这儿做爱，看到星星看到月亮。我一直没有过那样的阳台。

后来她带着她的乐队还有赵可过来常州做哪个场的开场表演，那时我刚从宣传部调到文联做专业作家，每一天都过成拍电影。赵可一直在说他没有唱好，他不开心他不开心，反正我是觉得他太好了一切都太好了我都被他的《Frozen》吓死了，乐队也太好了贝司手还请我喝东西并且送我回家，我们差一点谈恋爱，要不是马上想到了异地这个问题。还是太久了我都忘记了，我很少再回过去想那些二十多岁时候的事情。夏天搭火车去思南读书会，我站在月台，等待去上海的高铁进站，我才突然想起来，我和她一起追过火车。那个时候的火车都慢得要命，常州到上海要三个小时四个小时。我们都穿着黑色的裤子黑色的厚底鞋，我们真的在常州火车站的月台上跑，我们真的一边跑还一边笑，我们明明就要赶不上火车了。最后她停在那里弯着腰大口喘气，我从来没有见过那样的喘不过来气，她一边喘一边说没事的她只是有哮喘。今天再想到那个场景，我太想哭了。

我去美国前最后见了棉棉一面，在上海，女孩们还坐在一块儿，可是谁也不笑。我听到棉棉响亮地说，你们作协吃得太好了。圆桌上有一道龙虾，特别红也特别大的龙虾。我马上笑了，肯定只有我一个人笑了，还笑出声。参观金茂大厦的时候我俩一起去了顶楼的洗手间，她穿着黑裙子很瘦很瘦,她偷偷抽了一口烟,我看了一眼她的肚子。

我在美国老是梦到棉棉。我没有梦到其他的女孩,一个都没有,包括那个好看的问我借电话的女孩。我梦里上海老公寓的楼道,每个转角都是自行车,很多自行车。

冬天,我去云南参加一个《大家》的会,睡到半夜我醒了,天都没有亮,我干什么呢,我只好看那一期的《大家》,第一页就翻到棉棉,"我不喜欢爱情。我喜欢兄妹之爱。我喜欢那些乱而干净的感情。"每一个句子我都太喜欢了,我就趴在床上看她的小说,我想的是,她为什么写作。

她在她的《我们为什么写作》里写了我的为什么写作,而且写得很清楚——"写作是她可以确定的一件不容置疑的纯洁的事情。"

我不认为我再来写我的《我为什么写作》能够比她精准,我又看不到我自己。问题是,她倒是能够看到她自己。所以我说了神让我继续写作,她也相信我,她相信所有真正的作家都在上苍的保护之中,所有真正的作家都活在写作的命运里。

我能够看到的棉棉的为什么写作,也许她也真的不是那么需要写作了,我看到爱。

我仍然被我一个人的爱局限着,我爱某一个男人,我爱某一个女人,我爱家人,爱所有爱我的人。我更多时候不爱人,陌生人,坏人,不爱我的人,伤害我的人。现在仍然是这样。情感的觉醒,我不知道是哪一天。我不接受我无法改变的部分,我也不改变我可以改变的部分。

我顽强到我可以不写作,十年,二十年,但是不改变。

　　我离开的原因肯定有很多,没有什么是最主要的。我不写作的原因只有一个,我烦了。可是我们有过那些夜晚,音乐和酒,笔直的烟,笔直的坐在对面的大人们。

⑤ 董老师

收到马克的邮件,他有一个个人展览在 Bakersfield 艺术博物馆,星期四开幕。真为他高兴。

两年前的夏天,我跟马克的学生瑛一起做了他的访问,好吧实际上我们只是翻译了他之前的访问,当然我们同时也写了他的评论,文章在《新周刊》的艺术评论栏目发表。瑛回国的时候我急急忙忙地淘宝了两本杂志让她带回去给马克。瑛说,马克一定会高兴的,我说,当然,他终于有了一个中国评论,虽然我们的评论也不能为他做点更多的。但是很显然他也不需要,既然他可以花好几年只画一幅画。时间对他来说确实是无效的。

其实我们俩一直想着要再做一个谁的访问的。这个谁,可能只能是董文胜了。

我第一次见到董文胜的时候十四五岁,初三或高一,正在一个杂志社打暑假工,每天处心积虑地构思,要写出一个吓死人的大稿重稿,就想到写他的摄影店。那个夏天我还主动做了一个传呼台调查，写了一个很重很大的非虚构作品，当时叫做报告文学的，杂志当头条发了。写他的文当然也发了，还配了图，算是对年轻人生活状态的观察。对，纯文学刊物，意图创新做成《三联生活周刊》，都是九十年代初的事情了。现在想一下，我真是什么都写啊，长江客车厂，韶山副食品商店，德艺双馨越剧表演艺术家吴小英。当然我还写诗，写小说，但是够得上发表水平的只有我的摄影作品，对，我还拍照，自己调配药水洗印，学校的暗房，那些气味，真的可以记一辈子的。所以现在要来跟我谈写作的训练，我真觉得没什么好谈的。

瑛和我约定，夏天都回到常州的时候，去看一下董老师。瑛上过董文胜的艺术课，那是另外一个故事了，够写一个中篇小说。

瑛好多年没有回国了，我也不回，要不是我复出写作出了第一本书，我得出来见人，可能还能挽回一点读者。董文胜常年在上海的工作室，他的画廊老板好像又在北京。总之，我们三个人，能够在2015年夏天的常州见上一面，算是一首《奇妙能力歌》。

董文胜在运河五号有个工作室，我们就约在运河五号，我和瑛先是去了他工作室楼下的酒吧，还没坐定，董文胜进来了。

去我工作室喝茶吧。他是这么说的，坐这儿干嘛。

我赶紧拎起我在那个酒吧存的半支酒跟着他去了他的工作室。

太好奇了。这二十多年，都发生了什么？瑛倒是喊了一声，董老师。哎，董文胜应了一声。他俩最多差三岁，我笑了出来，马上收住，他俩都挺严肃。

董文胜给我们泡了茅山青锋，这个茶我还是小时候见过，我都要被这杯茶打动了。

我不常来这儿，杯子都没有，只能胡乱用用了，董文胜说。

我看了一眼手中的杯子，我说，挺好的啊，茶也很好。

瑛笑了一笑，喝茶，茅山青锋。

然后他俩开始谈艺术。我兴趣不大，只好到处看，我越过董文胜的肩头，看到他后面的书架上，有我那本复出之作，黄色的，特别醒目。我就想起来，他去过我几天前上海的活动。我怎么忘了？这都能忘了。我就有点目瞪口呆。

我仔细地回想了一下那个上海的活动，嘉宾是棉棉和路内，说的什么话我是一句都想不起来了，这也是我任何活动的常态。从常州赶过去的朋友有六七个，虽然其中的两个主要是去上海找好吃的，但是这样的支持，也是足够我记挂一辈子的。

董文胜的支持，是超出我的想像的。我与他的这二十多年，时间很长，交集却似是完全没有。所以后来吃饭，他都坐得离我很远，我说什么他都只是微笑。我们肯定是说来说去，河小西都要笑得昏过去了，棉棉只吃素，不喝酒，大家都很清醒很清醒，光是说话的状态下，还是达到了一个可以算是嗨的境界。

我居然还忘了。

我收回我的回忆，目光停留在他的肩上，他穿了一件深蓝色的衬衫，瘦到让人心疼了都。我问了一句，你的家庭支持到你了吗？

他正在起劲地谈艺术，愣了一下。

瑛又补了一下，你的家庭支持你吗？

他说，不干扰就是最大的支持。

我跟瑛肯定对视了一眼，然后他们继续。我后来说那一句"别再叫我好好写，别管我就是对我最大的好"，我觉得在这一点上，我跟他达到了高度的契合。

我其实是认得他太太的，也就是我第一次见到他时的那个女朋友。我出国前一个月，还和父母去他那儿拍了一个全家福。他基本不理任何事了，都是太太在弄，他只管拍，别的什么都不问。拍好了全家福，我想再拍个自己一个人的照片，我也不知道我出了国会怎么样，也许再回来的那一天已经面目全非了呢，我应该留一张照片的，我在中国的样子。他太太很花心思地给我补了个浓妆，还叫我披了个银光闪闪的布，我有点意见，因为披着布就显不出我的腰身，但是他太太肯定地说，拍出来的效果肯定好，一定好。我就披着那块银布，留下了我24岁，中国的样子。

在我离开了以后，董文胜的创作肯定是真正地飞了起来。我跟他确实又不是一个业界，即使我想去看一看他最受赞誉的银盐作品《泛银的记忆》，我也有点看不懂。好吧我是完全不懂。他的艺术形式和创作之路，只能交给瑛去深情诠释了。

我能够从网上查到的资料都是这样的："出生于江南的董文胜在

题材上也更愿意选择离自己更近的江南意象，山石、枝叶、江水等屡屡可见。不过，这些素材在董文胜的创作下却体现了与江南气息完全相反的意境，或对同一照片的不同位置分别曝光形成画面分层效果；或通过对黑白照片的手工上色，利用摄影术中最传统的方式，使日渐消逝的记忆重新曝光、显现于照片之上，传统与现实、存在与虚无营造了独特的氛围。"

中国的艺术评论是不是都不好好说话或者把好好的话说成不是话呢？至少我跟瑛在写马克的时候不是这样的，"Marc Trujillo 将这些场所的存在从现实中截图到画布上，他认为，我们去这些地方等待消费，而这些场所也同时消费着我们的一部分生命。追求完善精致的画面不是他的动机，他的艺术承载了与 Robert 和 POP 艺术家的责任感——一个独立人对生存环境的观察和探索。"这是我们的句子。

我还是去找了一下当年为他写的文，我想知道我小时候是怎么写他的，实际上很好找，那个文就收在我的第一个随笔集《天使有了欲望》里，九十年代末，这个书名还是很超前的。

"有人介绍我去一个摄影店拍照，他们说拍出来的照片会把你吓死。"我想半天还是没明白是怎么个死，拍得太美，把我吓死？拍得太丑，把我吓死？

就去了。

两个男生的店，一个叫小董，一个叫小白，长得都不错，女朋友也都很漂亮。

只是拍的照片并没有把我吓死,不过是把我的眼珠拍成全黑的了,越看越惊悚。

精彩的部分来了,小董很好心地举起一支油彩笔,白色油彩往我的黑眼球点上去,一边点,一边说,好了吧,有了吧,有神了吧。

至于摄影棚,他们只有黑色和白色两个背景,一把椅子,还有一台唱机,这个唱机不是道具,真的用来放音乐的。顾客一边拍照,一边听音乐,他们说的,我们都必须在音乐里找感觉。他们还说,我们只是随便玩玩的,不当真。我注意到他们很当真地在计算器上算来算去。

我拍照时候的那首曲子,我不知道叫什么,也没有什么感觉,我记得是因为小董一直跟着唱,头上的包,有大有小。我拍完出来了,他还在嘟哝,有大有小。

我又注意到,他们不吃饭只吃水果。还想下班就下班,就这么,走了。

第二次去是索要配文的图,他们给了我一张合影照片,白油彩笔写了一堆支离破碎的词,爱和面包,工作,活着,工作。我就说了,爱和面包?没了面包还爱什么爱?面包得放爱前面啊。这个文的题目就成为了,《为了面包和爱活着》。

6 到虚荣时光去

真冷啊,我说。

是冷,王威廉说。说完,他把他羽绒外套的拉链往上拉了一拉。

我看了他一眼。马亿也看了他一眼。马亿跟我一样,穿了一件单的帽衫,但是他抖得没有我厉害,到底年轻。

王威廉说完,往风口里走去。我跟着他。

走了几步,他又折回来,说,出租车太远了。

我往远方看了一下,出租车大概停在五十米之外。这也叫远?

我叫滴滴吧,马亿说。

叫吧,王威廉说。

你现在很会用滴滴了?我说,两年前你什么都不会。

我什么都会好不好。王威廉说,我只是不会用滴滴。

我教你的,我说。

你每次都要说一遍,王威廉说。

我教你的，我又说了一遍。

一辆出租车开了过来。马亿跳过去拦下了它。

然后他把车门打开，看着我。

我只好坐进去，坐好以后还得挪一下是我最不想干的事情。我还是得挪，要不别人进不来。

五羊新城，我说。

五羊新城很大的，司机说。

王威廉。我说，你知道地址的。

先去南方日报，王威廉说。

为什么要去南方日报？我说。

就在那附近，王威廉说。

你去过？我说。

我没去过，王威廉说。

马亿你去过？我说。

我也没去过，马亿说。

唐诗人你也没去过？我想说。

唐诗人已经跑了，他说有个人要过来找他，他得去接他。男的，他又补充了一句。我看着他。我说，你接了他你就不过来了？他说，我接了他我就不过来了。真是男的，他又说。

好吧。我说，你去吧。

陈崇正的理由是他病了，他得马上开车回家。我想到上一次见他他还没有车，好像是三月，1200书店，还有林培源，我听他俩谈了一下新书和未来。所以他的那本《正解》肯定是很挣钱的，我好像在网上看到说他这一本书的未来就是一套房子。

李德南的理由是忙，他也没有第二个理由。

出租车开了好久。

怎么还不到？我说，太远了吧。

王威廉说，这叫远？已经算近了好吧，是你待的香港太小了。

我们是大广州啊，他说。

然后他又说了一遍，大广州啊。然后他掏出手机，开启了导航。

他的导航是个女声，前方一百米右转。

我想起来两年前，他真是什么都不会。现在他都会用导航了。

我就说，两年前找你和培源做我的嘉宾真是太奇妙了，都不认识你们的，就用微信这么一说，你们就来了。还在蕃禺，那个地方很偏是吧。

番禺。王威廉说，是番不是蕃。

马亿说，你俩才两年啊。

王威廉说，还没两年。

我说，我那个时候就是那样的，我刚回来，我也不知道要按照什么规则。

王威廉说，什么规则？

我说，什么规则，我不知道什么规则。

王威廉的侧面是笑着的，我在想他一定在想，我是为什么啊？马亿也在笑，他笑什么？

车停下来了。

我往车窗外面看了一下，是一间 24 小时麦当劳，我想着我可以半夜再跑过来买个冰淇淋。可是下了车又真的冷了。

太冷了，我说。

冷，王威廉说。说完，他又把他羽绒外套的拉链往上拉了一拉，都要拉到脸上去了。然后他又往风口里走去。

我和马亿跟在他的后面，这么一条黑漆漆的巷子，两边都是树，一个人都没有，真的冷到透了。我一边抖一边说要是换了那谁肯定会把他的羽绒外套给我的。

谁？王威廉回过头，问。

我说，谁什么谁，快找地方。

他又折了回来。

我还是打电话吧，他说。

我们到连家了，他在电话里说。

我不知道连家是什么。我专心地发着抖。马亿在我旁边走过来走过去，又走过来走过去，好像这么着就能暖和一点似的。

就这儿啊。王威廉在电话里说，左拐就是？

我们就左拐了，树丛后面，我什么都看不到。

一个人从一个大门里面走出来，我猜测他是李傻傻。果然是李傻傻，我也没有注意他跟王威廉有没有拥抱一下，他们很快地走回门里面去了。

我们跟着他们。

快给周洁茹拿一条毯子！李傻傻站在院子中间喊道。

我都傻了。我没想到这个世界上有这么甜的人。

一条白色的毯子迅速地到达了我的手里，我赶紧把它系在脖子上，太厚了有点系不上去，只好拿下来，披上。现在好了，我披着一条毯子，还是带须须边儿的。

好多人围着我们，男生女生，每张脸都是笑的，还有个女生往我手里塞了一个纸袋。礼物！她说，一个礼物！

我想问，李傻傻都是你们的人吗？可是他不见了，不知道去哪儿了。

我只好冲着那堆人问，王芫他们呢？还有个车的。

还没到，有人答。

他们的车先走的，我说。

是啊还没到，有人答。

那我先去房间把包放下吧，我说。

好啊好啊，有人答。

马上就有个女生走过来。你的房间在一楼。她说，另外一位老师的房间在二楼。

我说，我两个房间都看一下好吧。

她说，好。

我们就上了楼梯。客厅坐了好多好多人，多到我都不敢看一眼，我们很快地上了楼。

一楼的房间太好玩了,有一个陷进去的客厅,可是二楼有一个露台,望得见院子,我想像了一下早晨在这个露台吃早餐,可是我吃不了早餐,我肯定是天没亮就赶回香港的。

这个时候王芫他们到了,我在二楼都听到声音,我就说,我去三楼看看行吗?女生说,行。

我看了三楼就决定住在三楼。女生说,你肯定?我说,我肯定。

我把包放下了就下了楼,所有人坐在院子的角落里。每个人面前一杯酒。

我挤到最里面,把头搁在王芫的肩膀上,她比我温暖多了,我盖着毯子,仍然很冷。

我的左边是王威廉,我和王威廉的中间隔着一盆花,王威廉的左边是马亿,他们中间也隔着一盆花。

我的对面是香港的老师蔡益怀,香港老师的旁边是广州的老师鲍十,鲍十的旁边是李傻傻和欧亚,还有郭爽,大家坐成了一个圆圈。

大家肯定说了很多话,我肯定是一句没记下来。

我已经处于半梦半醒状态,欧亚说前男友的时候我马上惊醒了过来。后来我发现他说的是前南友不是前男友,我又重新陷入半梦半醒。

谁要是能让杨克喝一口酒,我就服他,李傻傻说。

结果杨克坐下来,主动地说,给我来一杯。

我就记得这一段了。

我紧紧挨着王芫，一年只见一次，我只想挨着她。

　　上一次见她还是在香港，准确的一年以前，没有多一天，也没有少一天。陆羽茶室，还有香港的老师周蜜蜜，陶然，梅子和蔡益怀。蔡先生说的，十几年前，有个财主在这儿被枪杀了。一边说，一边比划了枪的样子。我的后背寂凉。我说，蔡先生你不要说出来嘛。很酷的陆羽茶室的服务和茶点心，没有语言可以描述，香港还有一个我觉得酷的地方只有龙华酒店，金庸写《书剑恩仇录》的地方。可以写一写的，但是我要写的好像太多了，有点写不过来，就不写了。美国的九年，香港的七年，给谁都会太多了。

　　饮完茶，我和王芫走了很多路，去到山顶她住的酒店，聊了一下午的天。她削了一个苹果，我们一起吃，然后我发现她比上次见到的时候瘦太多了。她再送我回沙田，下山，兜兜转转，迷了路，她拿出手机，开了地图。我说，不好意思啊我待了七年还是不认得路。王芫说没关系的，她也不认得路，所以她在手机装了地图。我说，我也装了，但是我都懒得拿出来。我们继续走来走去，一条街，过去又过来，地铁站都找不到。直到我终于看到一个可能会去往沙田的巴士站，我们一起站在站牌下面，我根本就不确定那辆巴士会不会真的来。天都黑了。我望着天说，我们不能找男作家做老公。她说，对。巴士却马上就来了，我匆忙地上车，我跟她的最后一句话是，我们也不能找男评论家做老公。她说，对。

　　我后来后来才知道我俩都找过写作的男朋友，但是我说那些话的时候我还不知道，我后来后来才真正理解了她说的对。

我说，我要出去吃串串当宵夜。李傻傻说，宵夜可以有，串串可能没有。

你非要吃串串吗？我问我自己。

这可是广州啊。我回答自己，好不容易来一趟广州，你得想吃什么就有什么才对吧。

我就跟着他们走到了刚才下车的街上，我再一次披着毯子，在寒风里发着抖。我想的是，我干嘛啊。

王威廉和马亿说不吃了，他们要回家。

我看了一下手机，确实，都凌晨一点了。要是二十年前就好玩了，大家可以吃东西吃到半夜三点，白天还不用睡觉。可是九零后都二十五六了，我是这么想的，过了神奇的二十四岁，基本上吃不动玩不动，也写不出来什么好的了。

可是我当然没有忘记恭喜马亿，他刚刚拿了一个年轻人奖。我身边的中老年就是这么两堆，一堆是拿鲁奖的，一堆是不拿鲁奖的。我身边的年轻人倒全是一样的，他们全部拿了年轻人奖，他们的未来，肯定是比我们有意思的。

王芫也说要回去睡觉了，今天太累。我俩在出租车前面拥抱，除了好好的，说不出来第四个字，眼泪都被冻住了。下一次见面，不知道是哪一天。

老板娘说，没有串串，李傻傻说，上次有个什么菜特别好吃的，点那个，欧亚说，好，点了一堆，他们都不吃，我吃。

画面太美，不要去想。

好像这几年都没有被这么美好地对待过，要不是太冷，我的眼泪又要掉下来了。

然后我继续跟杨克说我的出版社为什么要寄书给评论家，每一年每一个出版社有多少书，成千上万，他们看都不会看一眼。实际上我已经在晚饭的时候跟他说过了，至少一百遍。

他好不容易地沉默了一百遍，终于说，是这样的，也许是不看，但是会有个印象呢，有过这么一本书，出现过。

我说，我就为了要一个印象？

他说，不就是一个印象？

我只好去问李傻傻，你为什么不写了？

他说，你怎么不写了？

这时候欧亚问，你七几的？我说，七六。他说，我也是。然后他又问，几月的？我说，你几月的？他说，六月。我说，那我比你大。他说，大几个月？

香港的评论家蔡益怀先生不说话，他想的肯定是，香港的评论家跟内地的评论家，待遇太不一致了。他之前倒是跟我讲过，他是要看的，而且要看好多遍，不看怎么写评论？我惊讶地看着他。他现在不说出来了，大概是怕所有的人都惊讶地看着他。

我想起来一个评论家来香港开会的时候跟我说，你写不写你写得好不好都不重要，重要的是，你真的太老了。要不你换个名字？

我跟王芫抱怨的时候，她就说了，我不想听你这么负面的东西。

我自己够烦的了，她是这么说的。

过了一会儿，她还是来安慰我了。

她说，亲爱的想一想两年前吧，我们在你家楼下的地铁站告别，那时候你还没回来写，我也没写，多困难啊那时候，哭都不想哭。现在多好啊，我们要出新小说集啦。

我只好说，是啊，我们好好生活了也好好写作了，我们肯定更好了而且越来越好了。

这是肯定的。她说，你也把评论家放下吧。

于是我回到虚荣时光，很大的一张床，我睡到床上，缩成一团。我觉得床真的太大了，我又太小了。

一个人的朋友圈

① 一个人在朋友圈

我有一个朋友问我,所以今年你只写了一个小说?我说,不是吧,那个小说去年写的,不过是今年发了。我说,不好意思啊,没被转载,所以你也不要提到了。我的朋友就很生气地说,他是从来不相信转载这种东西的。我觉得他肯定是想安慰我,因为他的职业就是看转载的小说,但我还挺高兴的,因为很多时候我也会去这么想一下,真正的好小说是不会被转载的。

那我这一年到底干了什么呢?我写了一本散文啊。但是很奇怪的一件事情就是,我前几天跟另外一个写小说的一起吃饭,我说,你好像出了本新书啊?他说,是啊,但是不高兴的样子。我就马上恍然大悟了,我说,散文集吧?他说,是啊。我们两个人就同时叹了口气,说,不说了不说了,喝酒喝酒。

喝完酒,我觉得我俩挺对不起散文的,散文又怎么了嘛,散文不是一笔一划写出来的?散文就是后妈生的?这个心态,很微妙,我觉得主要是因为我和他主要还是写小说,而我俩写起小说来都是非常严厉的,我看了一下他的脸,他肯定是比我更严厉一点。

当然我们写散文的心态也很严肃。只要你还在写,这个时间,以及这个地球,你就肯定是一个严肃的人。

所以我就很开心地说了,我今年写了一本散文啊,而且写得还挺好的。

其实我要说的是,我终于可以出版我的朋友圈,那些我写在朋友圈的字,实际上它们比我的小说集还要难出,而我又很认真地写了它们。虽然确实也没有多少人看到,因为我会把我的联系人数量强迫症地维持在三百六十五个,如果有一个人必须要加一下,我就得删去另一个。这三百六十五个联系人中的三百个是不看朋友圈的,他们只是联系人,就好像西部世界里面的接待员也不知道自己是个机器人,他们只是接待员。另外的六十五个,好吧他们其实都是我的亲友团,如果我要去参加香港厨神大赛,他们肯定都能够出现。可是我现在在写的朋友圈让我丢失了很多他们,数量还不少,因为我反映出来的阴暗以及我沉醉于阴暗的态度令人们厌恶,他们只好删除我。"如果我已经很抑郁了。"其中的一个朋友跟我说,"为什么我还要看你的抑郁来让我的抑郁更抑郁呢?"她是这么说的。她的话肯定是没有道理的,因为她可以选择不看,但是她继续地看,又把她自己的朋友圈屏起来不给我看,这个行为肯定是太抑郁了。我突然意识到写作的朋友并不是生活里的朋友,也许写作的朋友可以成为生活的朋友,但是生活的朋友是绝对成为不了写作的朋友的，如果我在小说里杀了一个人，有的人是真的会去举报我的。我说的都是真的。

　　我把亲友团移去了一个专门为他们设立的亲情号，我还是我，只是不得不分成生活的我和非生活的我，我只是遗憾我的动作慢了一点，要不我就不会失去那么多真正生活的好人了。至于分组以及屏蔽朋友圈，我反正是做不出来的，别人当然有别人的理由，还很合理，我想的是，装吧就。所以水瓶星座想问题都是很神经病的，也不要去跟水瓶星座讲道理，她根本就看不起地球人。

　　我当然还得继续我的朋友圈的写作，我把它当作一个实验，写作的实验，也是生活的实验。既然我就是在一个虚拟的圈，我当然有表达内心的权利，我的内心是真实的。

　　我当然也会怀疑，我又不是神。我写完一个小说都会觉得我太棒了，然后又觉得我也没有那么棒吧。别的写小说的就说这是幼稚，不成熟，不自信。我倒是挺佩服那些我太棒了我就是这么棒到永远的脑子的，老男人睡不睡得到所有的姑娘肯定不是老男人说了算的，但是肯定也有姑娘真的鼓励到了他。

　　我这么怀疑着就去问了一下一个九零后，好吧九零后更好玩一点，我也不是没问过七零后八零后，他们都太精了，很多问题就得不到答案。

　　我说，朋友圈到底是个人的还是公众的呢？

　　他说，你的是个人的。

　　我说，别人的呢？

他说，别人的就是成就展啊，谈文学谈文学谈文学，展示展示展示。

九零后的问题就是重要的事情要说三遍，希望这只是他个人的问题。

我说，你不讨厌我太个人吗？

他说，朋友圈不就应该是个人的？

我说，所以我写朋友圈写得真开心，两年写两万字，我写小说都写不了这么多。

他说，要是没有朋友圈你肯定能写更多。

这倒也是。

但我还是要写我的朋友圈，写作上面，我没有什么可失去的。写不写，写不写得好，我又不是靠写作活着的，这一点我重新回到了我刚刚到美国的时候，没有人靠写作活着。巫昂老师说的哪个老师说的，靠写小说养活自己，对不起自己，也对不起小说。

《莽原》的静宜老师说她要发表我在朋友圈写的字，我重复地问了她好几遍，她重复地回答说，是的，包括我在2000年写的。我就想了一下我那个时候为什么要那么写，肯定是因为我已经建构了一个虚拟的圈，小的，友善的，真正的朋友的。我当然不是坐时间机器旅行的，但是我确实也在1999年出版的《小妖的网》里说了，到了明天，每个人都会有自己的电脑，每个人都可以无限上网，世界是网络的。如果你也在1999年生活过，你当然就会知道那段话有多么不可思议，跟现在比起来，那时候的人类都是原始人。

② 一个人在二十岁

江南冬天的雨,像无孔不入的虫子,钻进血管里去,身体里面都灌足了雨水。

北京冬天的冷是干透了的冷,干到骨头缝里去的冷,风极大,空气里却没有半丝点儿的水,在大风里走,也不觉着冷。

江南冬天的温润,让你不知不觉烂掉,没有冲动,一味舒服着。北京冬天干冷,风是警觉的,像他们说话,响亮的利落的。

炒卖龙井茶的妇人两手通红。问她烫不烫?痛不痛?她不理我。

虎跑的山泉水沿着山路滚下来,叮叮咚咚。

西湖醋鱼吃起来像白水煮咸鱼，也许是我找错了餐馆。

灵隐寺旁边有山，山顶有月老，月老有很多红线，红线牵姻缘。能爬到山顶就会得到爱情，他们说。我爬了一半，因为山实在是有点高。

断桥不是断的。

红叶不红。

我爸爸喜欢三毛，我爸爸希望我自由，可是他不知道怎么给我。我们坐在周庄的三毛茶楼，喝茶，没有话说，一台破旧的录音机，反复地放着《橄榄树》，我爸爸问我，是不是三毛在唱歌。

齐豫的声音很高亢，像轻度的神经病。只记得一句，"有没有这种说法，常常飞行的人，离天堂比较近。"

我父亲告诉我，不要去靠近风花，那种古老的风花，一旦靠近了就会离不开它，就会时时地追逐它，使自己痛苦，但是我没有听话，如今，我再也离不开它。

列侬在我四岁那年被枪杀了，那一年发生了很多事情，路易·马勒在拍一部名字叫做《大西洋城》的电影，萨特在巴黎死去。我在想辛西娅为什么痛苦，大概是因为小野洋子穿了她的睡衣，于是她喝醉了，于是她睡到格里森的床上去了，于是列侬说，天啊，你居然和我的朋友搞到一起去了，你这个贱女人，我不再爱你了。辛西娅后来很孤独，她结婚，离婚，又结婚，又离婚，但她还很爱他，她总是相信，除非列侬死了，总有一天他们会重新在一起。

你们乐队为什么叫水叮当？因为人和事情在水里会产生很多变化。

雪和狼相爱，可是不能在一起，雪沉湖而死，狼去到时间伤口重见雪一面，过去不可改变，于是相拥沉溺于湖中，湖畔长出爱情花宁静雪，人们就称这个湖叫做雪狼湖。当爱不能实现，只能去死，终于实现了爱的永远。

她结婚了，再也没有写一个字。我坐在她的对面，她说，怎么办，家具上有那么多灰。她说，刚刚开始不写的时候很痛苦，像死一样，现在好了。

《牵手》有什么好，跟绕口令似的，快乐着你的快乐，悲伤着你的悲伤。父母辈的人却喜欢，觉得它打动人。后来开始异地恋，千里之外，看不见也摸不到。再听《牵手》就有点明白了，不知道老了以后会有那么一个伴吗,牵着手,一起走。

我们买了明亮的黄色油漆,把桌子和椅子都漆了一遍,颜色掉在裙子上洗不掉了。天黑了,下起雨来。

坐在大门口的长板凳上,靠住他的肩。风一阵一阵地吹来,夜凉了,雨还是没有停。

以前我总是早晨一醒过来就开始厌世,可是到了晚上我就会好了。现在我到了晚上也厌世,如果我每天早晨醒来都不知道自己在哪里,就不会太厌世了吧。我这么想。

听了五个小时陈小春,反反复复"一把年纪了,一个爱人都没有"。

喜欢莫文蔚,勇于裸露背和牙。

盗版书的害处在于它会使我很忙碌,我看到错别字,就得圈住它,划出一条线来改掉,条件反射。我看盗版,我就得做这些校对的工作,我累死了。

我陷入了困境,怀疑一切,我是一个问题少女。我在数学课读她的书，我穿着薄薄的校服，发着抖。她的书告诉我，我可以选择我最想要的生活，如果我犯下了过错，人们会宽容我的年纪。我就写下去了，直到现在。

喜欢黄茵。简单，不深入，想爱就爱，想恨就恨。

喜欢莫小米。年轻，聪明，说真话，生动的话。

喜欢张洁，她最美。我读《拣麦穗》会掉眼泪，以后我老了，再读，还是会掉眼泪。

太宰治和永井荷风是最好看的日本作家，可是死得很难看。

读了商人桥本宽的一本小书，"母亲把和服卖了，换成大米。母亲说，为了庆祝你的生日，今天给你煮白米饭。孩子望着海那边，对面的牧岛好像一只碗，碗上的积雨云好像白米饭，孩子想，这是雷神爷的白米饭吧。"这个业余的作者说，这本书献给以爱抚养我长大的父母，父亲已是高龄，而母亲已亡故多年了。

邰科寄来他配图的书，我看了他的画，也看了画旁边的字，作者跟我一样，在机关上班，但是他会这么写出来，"领导下车时，虽然自己会十分小心地缩一下头,但这时你必须主动用手去遮住车檐。主席台上放了几包香烟,领导虽然想抽但谁也不会先去拆开,这时你就要挺身而出。"我真的笑死了。

有个女的刚敷上面膜,老公提早回家了,她马上跳到门背后去,门开了一半,老公脚还没踏进来,她先大叫,老公别怕千万别害怕,是我,真是我。

她的妆很淡,她的衣服很简单,可是她看上去那么妖艳。我怀疑是因为那条奇怪的皱巴巴的裙子,据说它可以缩成小小一团蜷在掌心里,今年最流行的裙子。所有的淑女穿了它就会看起来很放荡。真奇怪。

男人的口味天天变,今天喜欢你穿长的了明天又喜欢你穿短的了,女人就得不断地更衣,于是就永远地少一件衣裳。

不抽烟就不要抽,何苦夹支烟作青涩的风尘,不喝酒就不要喝,也没有人强迫着你喝,好像衣服,外面流行什么古怪颜色,男人都叫好,你也巴巴地去买了穿,就是最大的不长进。

单身女子总会走在潮流的最前面,因为没有男人来牵制她,让她做不了自己的主。

洗过了的新衣服才是我的。

喜欢桂花的香，甜甜的。

我写随笔是从一个朋友送我一个女巫木雕开始的，她说它的表情像我。那个晚上我写了我的第一组随笔文章《天使有了欲望》。之前我写小说，并且想永远写下去。

我的朋友又喝多了，跟我说了三个小时的话，她说她每次喝完酒都觉得自己离死很近了。我说，不会的，你不会死的。她说，你真好。

突然想起一个朋友，很聪明，可是每到一个酒吧或者餐厅都要偷一个烟灰缸回家，他们说她变态地喜欢男人。

一起爬茅山的朋友很世故，我一直不喜欢太世故的女人，所以我不理她，可是我走太多路把高跟鞋的鞋跟走掉了，她把她的平底鞋给了我。

道观里的道士给我算命，说我会幸福。我小时候也算过一次命，算命师傅说我长大以后会去北京。我未来的幸福让我爸爸很高兴，可是我后来我果真要去北京了，却让他难过，心碎到吐血。那些往事啊，一想起来，就很伤心。

很多事情都是安排好的，得到什么，失去什么，人只是把这些安排一一演过一遍，人不知情，所以不觉得生活乏味。

一个男孩骑着自行车过去，后面的女孩紧紧地揽着他的腰。两个女人，互相搀扶着走过来，说话很快，背挺得很直，鞋跟也很高。前面走着几个很高大的男人，风衣和牛仔裤，各自扛着一卷画布，可是有一个人的传呼机响了，他开始手忙脚乱。大家都在大街上晃，我在想为什么大家都要在大街上晃。

鞋上缀着的一颗假水钻掉了下来，落在地上声音很清脆，低下头看了一看，拾起来放进书包。上完夜课的人拼命蹬着车，往家里赶。我不知道我的未来，何去何去，后背一阵寂凉。

初春让人小心翼翼，空中挂了几缕阳光，终还是有些寒意，冷不丁地落几场雨，风也透着冰凉。终究是春天了。

③ 一个人在四十岁

心是用来碎的。——王尔德

立春这一天很焦虑,是不是这一年都要焦虑。

我发现在国内吧大家都不直接说事就跟你绕。绕啊绕啊天都快亮了。

好想跟你们谈一谈工作,又怕你们祝我情人节快乐。

有没有人因为思念睡不着。

我已经梦见海洋公园的玉米和鸡尾酒了,你还在梦美国的蟠桃和赶火车。我们回不去内地了,我们回不去美国了,我们怎么办呢?

香港不是家。

　　我选择紫色。
　　我愿意这样生活。
　　我就哭了，
　　周公说，别哭。

　　能够签一个专栏真是太好了，我就必须每个月写出来一千字了，不写就是失信。我缺点不少，唯一的优点就是有信用。

　　写小说烦了就写写创作谈，创作谈烦了就写写小说。

　　我曾经有很严重的被迫害幻想症，觉得自己会被每个人杀掉。

　　姐就要姐弟恋。

　　你们都没有发现吗？我十五年前已经死了。

　　要跟人谈一些性命攸关的事，想了一个小时了，没想到一个可以托付的人。我做人真是太失败了。

在北角冻成神经病,以后再也不去了。

我原谅你们不带我玩,地球人。

百分之一百的湿度,整个房间都哭了。

四月最残忍。

这一整个月的状态都是没头脑和不高兴。

年老是什么?就是早上弄破了脚,晚上才发现伤口,然后才开始疼。

是谁跟我讲拼的是命长?体力都没有了命长有什么用。

如果可以选择死法,我想选择被钱砸死。

写完一个小说,很空虚。

好朋友在住院,谁陪我去看不二情书或者美国队长呢?我不是没良心她说的不要烦她。

做人有时候真的跟咸鱼一样。

他用他的颜值支持着我。

我从小没人爱,又有阅读困难。这是我写作的原因。

瓶颈。那就再歇十五年好了。你有很多时间。

突然想起一个人。

散文三千字很快就写好了,小说还是三个字,三个月了,一动不动。哪三个字?周洁茹。

肯定是被传染了失眠。

讲真,失眠真的不开心。

失眠不是病。

我有点写散文上瘾。

妈妈去旺角东买花,给我带了茉莉和一盆文竹,我说不喜欢文竹,她说你太暴躁,对着文竹心会静一点。茉莉好香啊。

香港妇女唯一可以在家庭中扬眉吐气的机会,只有卖保险。

我为什么要跟女朋友买保险,我也不是怕我自己意外或者重疾啦。我只是想支持一下她把她挣到的钱砸到她老公的脸上。

最好的好朋友明天结婚,我太高兴了想把全世界最好最好的好词儿都送给她,可是我又去不了她的婚礼我都要哭了。

生活就是起风了,去阳台上收衣服。

我现在的问题就是,不想写作,也不想生活,只想快点老死。

活着,而且还要活一阵子,简直是十大酷刑之首。

年老就是关节痛起来,然后果然下雨了。

年老就是每天抽三次筋,幸好不在游泳池里。

我所有的骨头都被折断了。

跟邻居聊天，说到年老以后去哪里，她说她要搬去好朋友的城市住，她说，哪有你这种人的，最好的好朋友的婚礼都没有去的。我就马上做了一个决定，订机票，去我的童年好友那里。也就是去一下啦，我这种人，跟谁住久了，友谊都会破裂的。

四溅的血滴很难清理，简直是溅到everywhere，所以强迫症最好不要杀人。刚才光是清理四溅的墨水就清理了一个钟头，还没搞完，等下再去擦。

手欠打开二十年前的文档，恍若隔世恍若隔世，不如继续擦地。

回来写作以后我有了两个改变，一是绝口不提自己的出生年月，二是不再在简介里写中国作家协会。

突然心乱如麻。

我也觉得很凄凉。晚安。

都现形吧。

口岸有两个人打起来了,好想参与进去啊。

朋友圈里都是朋友吗?

有的人三个月没有发朋友圈了,是不是可以删掉了。有的人两年没有给我点过一个赞,我都没删。我太善良了。

看了一个女孩被父亲和叔叔在脸上打了一枪然后扔到河里的纪录片。

有人说,你老是发这种消极阴暗的东西很让人担心啊。我说,真正让人担心的不是那些秀恩爱晒孩子的吗?我遇到的最可怕的一件事情是一个女人跟我讲了一百遍她老公有多爱她,我好担心她会被杀啊。

有人记得我为她做过的葱姜鸡,真的记了十六年,也会有人记得我为她做的糯米烧卖吧我想。

你知道吗。有的人最好的朋友落了难,她的脸上竟然会浮现出一丝不易被察觉的喜悦呢。啊?真的吗?真的,你要也落个难,脸上现出喜悦的朋友肯定更多。

太想英勇就义了。死最自由。

又想多了。

肖恩说的,长城是一条金项链。你是不笑的鱼。肖恩说的,你离开我久了就会回来。天天在外面吃晚饭是流氓。肖恩说的,女朋友是用来结婚的。老年人才亲来亲去。肖恩说的,每个人的脑袋里都有一个怪兽。你的朋友丢了几个了。

专业生活,业余写作。这是夸我的话吧。

我希望他承认我,虽然我们现在分了。

需不需要加五元换爆炸糖啊。

醒着,就不看球。

只有陪爸爸喝酒才会醉,太幸福了能够拥有这样的时光。

我真的是帮友命啊。我一欣赏谁他就马上拿奖出新书事业大上升,我一跟哪个女朋友亲近她就马上找到老公结婚。我说的是真的。

生活太戏剧了,来不及写。

七月就这么来了,没有一点点防备。

我终于又开始写小说了。

每次穿过赌场我都觉得我是公主。遍地是钱但是我不捡。

刚才又梦见童年时居住的房子,下大雪。然后就冷醒了。

如果梦再做下去,会哭醒的。

有没有人吃油条喉咙被划破了,只有我。

菲佣还有礼拜天,我连礼拜天都没有。我不如菲佣。

为什么我每次搭东铁都会碰到剪指甲的人呢?我长了一张欢迎你坐在我旁边剪指甲的脸吗?指甲钳钳完还磨磨磨。

突然有了写小说的冲动,但是没有空写,就算了。我这一生都是在不时冲动和没有空中度过的。

跟一个姑娘谈理想,她说她的理想是来香港卖保险。我就陷入深深的沉思了,我在香港的这七八年真是一事无成啊,小说没写,保险没卖,奶粉都没背。失败。

我只有一个体会,大阪人的英语比香港人还差。

年轻的时候肯定看过《哥儿》,如今一个字都想不起来了。那么《坂上的云》也不要去看了,反正什么都会忘掉。早饭吃的什么,我已经忘了。

我俩从小到大都是这样的,她看得到颜色我看不到,她会走过去我宁愿远远的。可是她没画下去我也没写下去,我们的头发都竖起来了。

全世界最嘈杂的是在日本旅游的台湾人和在香港茶餐厅聚餐的国际学校的学生。

前面走着一个菲佣带着一个小孩去补习班。小孩说,我不喜欢妈妈,菲佣说,可是你妈赚钱给你用啊。香港小孩很多是菲佣养大的,女人自己生了小孩也不会弄,全交给菲佣,菲佣礼拜天休息,她们只好一日三餐都在外面混,这一天真的苦死了。

自己买的茄子烧南瓜，含着泪也要把它吃下去。

我刚回来的时候觉得有两件事情很荒谬，一是酒桌上要站起来敬来敬去，二是他们居然要睡午觉。

夏天快要过去了。

你们都太忙了，你们忙成这样我太焦虑了。

好不容易得了厌食症，居然治好了。

跟朋友聊天说，我们为什么就不能努力地去挣一下钱呢？她说，因为你不是那么喜欢钱吧，我说，我太喜欢钱了，她说，你要真喜欢你就真努力了。所以我刚刚意识到我并不是那么喜欢写作。

写完一个小说。我又觉得我写得真好啊，谁都没有我好，当然过一会儿我又会推翻我自己，谁都比我好。我肯定是抑郁狂躁型忧郁症。

有没有人因为东西太多被东西逼死的。

梦到我不会爬树，地球上全是僵尸。

致命伤是不备份，居然不备份，你真的太自信了。

我错过什么了。做早饭洗碗洗衣服晒衣服做午饭洗碗拖地板擦窗子喂了奶辅导了功课。我错过什么了。算了反正也错过了别告诉我了，我去擦阳台，等一下还要晒被子呢，晒完被子我终于可以吃到早饭了吗？饭凉了吧。

文档不见了的第三天，终于接受了这个找不回来的事实。有没有人男朋友不见了的第三年，才接受得到他真的不见了。

有一个人太想吃兰州拉面了，就买了一张机票，去兰州了。

吐不出来，要不要喝洗洁精。

刚才照了一下镜子，真是，一头白发啊。

今年又是小说没写，只顾着对谈对答问答访谈了。我这么谈谈谈谈能谈成评论家吗。

外星人看地球人会不会都是某种 walking dead，只不过地球人自己不知道。僵尸也是不知道自己是僵尸的。

《时间简史》已经读得我想死。后来我终于被土力学打死了。

名字里有口难免被人说来说去。

出名要趁早，离婚也要趁早，刚才一个女朋友送给我的，留存在这里。拿走不谢。

有太多事情要做，排不过来，焦虑到只好回去睡觉。

突然很暴躁。好像青春期直接到更年期，怎么都没有一个过渡的。

其实我在看白银案的时候一直在想《亲切的金子》，以前我只有拍集体照的时候才想。

老是梦到考卷没做完，惶恐到惊醒。我有多害怕考试。

一起吃早饭的人都找不到，我可以孤独死了。

刚才穿过一条后巷，蹭了一口二手烟。他们比我幸福。

药卡在喉咙里了。

一年一个短篇都做不到，反思也反思不出来。

所有对我好过的人，我要好回你们。我是认真的。

我现在万事俱备，只差开始写小说了。

追完八集《纽约杀人夜》，太绝望了。穷人活不下去，富人也活不下去。不知道要地球干嘛。

这个地球有罪。

人类真的很讨厌。

太绝望了，刚才居然睡了个午觉。我没有管理好自己，我要警醒。

睡觉太浪费时间了。

活着也太浪费时间了。

虽然是小说，信写得真好啊。我在美国十年是没有写过一个字小说，倒也是写了二十万字的家信。可是再也不敢打开来看，会哭的。

想吃妈妈做的糖芋头。

既然你们都在刻苦,那我就去睡了。

我想组个抑郁组,我是组长。

突然想到那个老公老婆吵架,老公想买项链给老婆,半夜拿根绳子量老婆脖子,老婆醒了的梗……笑出声了都,路上的人都看我。

突然想到肉丸子还带汤这一句,笑不出来。女作家好蠢,会去爱男作家。

想念她,可是不能找她。我的想念会成为她的负担的。

每次看到别人晒食堂饭,就想去人家单位找他/她。

胃痛,原来是水龙头没关。

我要去写小说了,都写哭了。

我又开始了。写完一个小说,写得真好啊,谁都不给。过了一会儿,好像写得也没那么好吧，给谁谁都不要。

看小说也是很累的，看着看着就不想写了。做编辑真是不容易啊，没事别找他们玩了。

李敖太渣。搞到我一见胡茵梦就直接跳到两个字，狰狞。

千万不要得罪男作家。

刚到美国，去 Frys 买 MP3，正找来找去，店员走过来问我要买什么，我说 MP San，店员傻傻地看着我，我说你们这么大店居然 MP San 都没有。

我觉得我这一辈子都去不了西藏了，我在香港这种平的还有点凹的地方都会呼吸不上来。每天都活得像被扼住脖子，地球真的待不下去了。

真是，忍看朋辈去开会啊。

我只好接受这个现实，别人家的汤喝不完，我们家没有汤。

家是爸爸回家，妈妈回家，我们一起吃晚饭。肖恩说的，五岁时候。

一开始写作就坐着睡着了，一有去看电视吧别写了的念头马上又精神了，甚至拎了一袋薯片。

昨夜梦到一条透明的河。

被虫咬醒。

聊到那些年，有个同学，一星期就做一次饭，放在冰箱，吃一个星期。

我刚到香港的时候，买了一支雀巢七彩炫棒冰，居然掉色，舌头都七彩了，我就打电话去雀巢公司申诉，留言信箱，他们根本就没有理我。

我们都是外星人。

看什么看，没见过啊？
我就是看你嘴唇太红了。
想看看是不是能把它给看淡了。

速度好，喜欢。

不是他写得有多好，而是大家写得都很差。

好吧反正我觉得我挺差的，你要是觉得你就是那么好我也没有办法。

我决定要做两件挑战我生理极限的事情，拔火罐和吃周黑鸭鸭脖。

要不是有朋友圈，我就写不出来这两万多字，我写小说都写不了这么多。

要是没有朋友圈，你能写得更多。

天气变得很热，如果台风只是转个弯。

因为有个姑娘总是拍自拍，还挺美的。我就把她删了。

你们是不是在想，你怎么不把你自己删了？

我今天真是太过分了。

想到万圣节又要到了，真开心。

白天看鬼片的代价就是晚上不敢睡。

我把人分成两种，一种是人，一种不是人。

我真的是强迫症，写了《我们》以后非得把《你们》写了，写了《结婚》以后非得把《离婚》写了，写了《食》以后，《色》和《性》写不下去了……

写小短篇的好处就是，三千字就写完了，太有成功感了。一天一篇，一篇又一篇，不过也太消耗了。有的人写长篇写啊写啊写了几十年，如果是我肯定疯了。当然我也是很严肃的，我一直都很严肃。

不是失眠，只是定时醒一下。
看看大门锁好了没，厨房里有没有虫，老公是不是还在打游戏，孩子有没有蹬被子，月亮还圆不圆，邻居家的阳台灯一直亮着要不要报警。

对于很多电影一定要用水瓶座女演员来扮演神经病角色表示深深的不满。

我想过给大家群发一句"我知道你干了什么"，感觉每个人都会陷入恐慌。我还是很珍惜朋友的，就不这么干了吧。

为什么我会觉得《美国好声音》好看得多，是导师的原因还是因为那些参加者真的是真的。另外这个制作组是支持川普的。另外没想到《行尸走肉》撑到第七季了。

《西部世界》太好看了，我都不想追《权力的游戏》了。

觉得《釜山行》也没那么好看吧是因为心太硬吗？

请问耳朵下面那个部位是什么，就是吸血鬼会咬的那个位置。疼。

抗生素前的最后一餐，对面的人对着电话一字一句说我爱你，说了五遍，我数了。我只知道接下来的五天我都要面对剧烈胃痛，这个地球给我们太多痛苦又太多爱了。

不认识那人，他跟别人说的，我只是跟他拼了个桌。

厨房的灯又坏了，找到以前老爸画的换灯泡图。这个世界上真的没有一个男人会像父亲那么爱你的。

下雨了，我在外面，衣服在阳台上。我崩溃了。

想吃重阳糕，想家。

二十岁时候好傻啊，可是太有意思了。现在的我为了不暴露自己傻，都不敢说话了。

这两天看电影的心得是，丧尸移动得比僵尸快，强迫症会自我诊断，然后滥用药物。

看完《西部世界》第二集，我可以肯定我不是火星人了，我是机器人。

总是被虫咬醒，胃痛痛醒，做恶梦吓醒，我能有个自然醒吗？

不敢让别人知道我喜欢过卡佛。我太幼稚了。

渣男年年有，今年特别多。

曾经有个人跟我说，我最讨厌你张口闭口"我们香港"了。我说，我一定注意，以后就"他们香港"。我从他们香港机场飞的，刚到，我带着他们香港的药呢，您有点咳嗽，来，吃一片他们香港的润喉糖，他们香港的药用着他们真放心。

一早有个朋友说我们这个圈子一团和气，忍不住上去说，和气吗？

只有我觉得大家都在撕撕撕吗？而且是用手。撕完再缝嘛，缝缝补补又一年。相撕相爱，相爱相杀。

重看前些天写的一个小说，没看懂，现在必须砸点什么。

一夜头疼，原来枕头下压着 ipad。

定时醒，分秒不差，中年真可怕。

今夜失眠，台风又转了弯。

巫昂老师说的还是什么老师说的，靠写小说养活自己，对不起自己，也对不起小说。

我说的，男作家跟女作家的关系基本上就是异形跟铁血战士的关系，好吧评论家是雇佣兵。

我发现任何神剧到第三集我就烦了，任何神人我到第三天也烦了。厌烦症还有治吗。

突然惊醒，有个什么事没做，是爬起来去做呢，还是继续睡，假装没有惊醒这回事呢。

煲汤，我终于被香港的湿气打败了，我也要正视一下凉茶店了。古代流放犯人都是放到香港吧。

四五点钟的醒不叫失眠，叫做老年人醒。

这次的台风叫做海马，什么名字嘛。有人说是床垫店赞助了天文台。

台风夜居然发起烧来，也不知道激动个啥。

不止一个人跟我提了，我喝大了的情况下会跟他们说，要许愿吗？我是许愿树。简直是诬陷我！我喝得大吗！

我对你好吧？你也会对我好是吧？他们说这是幼稚园逻辑，幼稚。但是一直是我跟人相处的模式。所以我经常把人逼死，非要对别人好，还非要别人给我好回来。

《西部世界》第四集又好看起来了，现在又有了《黑镜》。遗憾啊，都是我想写的，可是我写不出来。

我坚信我的评分快要跌到两分半以下了。

香港这么热,加州会不会地震。

我现在就是给所有人打零分,我早就想开了好不好。

"一个女人用手铐铐住了自己,同时将钥匙吞了下去。想再次获得自由唯一的方法,就是剖开自己的身体。"所以,结婚就是上铐啊姑娘们,多狰狞的真相都得咽进肚子里。想要离婚?好吧你开始剖你自己吧。

Country Star 为什么去死?好不容易回家的路。重新出发也挺厌倦的。爱和名誉不能共有,我选择爱。如果你看到我越来越小,让我离开,我还有选择的权利。也就是说,让我去死。所以这几句话是我以为她不去死的情况下她跟 Queen B 说的:不要穿缎面的衣服上台,它会变得皱巴巴的,而且你流了汗,你就是透明的了;自己写歌的时候别在乎,永远是最好的才会赢;去哪儿都要穿高跟鞋;别害怕陷入一场爱情,那是人生唯一重要的事情。你知道我在说什么吗?所以塞宁在北京跟我说的:"以后不要带后面拉链的衣服出门,因为没有人会给你拉拉链。"亲爱的为什么我们都要过得这么狠呢。

特别喜欢 Jimmi Simpson，1975 年的天蝎，帅死了。之前只在《约会之夜》演过一个配角。什么眼神啊那些导演，要我做编剧，专门给他写十季。

我就是突然想起来陈染。

今晚多少姑娘要化万圣节妆啊。我的提议是卸个妆，肯定吓死一堆。

今晚有多少姑娘要卸妆？不如就卸个美图好了，一样能吓死人。

我有一个伤口，其实已经快要好了。但我总是忍不住地想去剥一下它，这个伤口就又坏了，等待它好起来又疼又慢，但是它快要好了的时候我又去剥它。我说的是真的伤口。

居然需要书评，真是越活越倒退了。二十年前哪有这东西，还推荐人语。什么地球。喂，飞船什么时候来接我？

没有人爱红心皇后。

我只有在写作的时候才是混蛋。

我每次洗碗都是用下巴把自己的袖子捋上去一点的，洗着洗着袖子又下来了。

《纸月人妻》的跑戏肯定超越了《老炮儿》的鸵鸟跑，四十岁了还跑那么快，腿真长啊。

我是不是说过缺什么就写什么，缺爱就会写很多爱。实际的情况是这样的，你缺什么你就不会写什么，因为太缺了。

跟朋友说到眼睛的问题，她比我严重很多。她说她快变成保尔·柯察金了，我就马上条件反射了："人的一生应该是这样度过的……"

卡夫卡说的，如果是往回走，那太绝望了。

我以前觉得朋友坏了会去修一下，现在也就直接扔了，重新找一个好的。

昨天看到一个文说郝蕾是被低估了的，郝蕾自己肯定不这么想，她肯定觉得她现在这样就挺好的。她一直都挺好的，很硬气的，我喜欢。我觉得王芫也是。

我有时候可能会去想被低估了啊埋没了啊这些词，可是电影《Country Strong》说的，永远是最好的才会赢。有个老师也是这么跟我说的，如果你真的那么好你就不会被错过。所以我真的是没有那么好吧。可是我还要什么呢？小辣椒跟 Queen B 说完那些话就去死了，她真的什么都不要了。

打第二个喷嚏的时候还很欣喜，打到第五个基本可以肯定我感冒了。

昨天见了几个 39 岁的太太，居然很嫉妒她们。连 39 岁都嫉妒，我这是更年期吧。

我来香港不是为了你。

美国住了九年，香港也差不多有八年。这本《到香港去》却写了很多关于内地的事，所以是《到香港去》，而不是《在香港》。何向阳老师在序文里说的，周洁茹走的是一条回归的路。我觉得她真的理解了我。谢谢老师。

有位老师很特别啊，海景山景不看，非要去看香港的菜场，一边看一边说，最讨厌那些把外国名字说来说去的，还不如说说姜多少钱一斤。

听说你们都速冻了,香港可是热死了。

真想要个每天都要出稿的专栏啊,我能上进一点。现在写的一月一篇太空了,而且那家报纸还被收购了。

心碎了一夜,每个早上缝缝补补。手工越来越好。

看你们一个个忙的。

为什么大家都安静了,有外星人路过吗?

凛冬将至。

心乱如麻。写了一百个句号。

突然天冷了,手脚冰凉,讲冷笑话的时间又到了。

对我来说有两件事最难,一是不在半夜讲冷笑话,二是把小说写长。

我来说个冷笑话吧。我有个朋友从来没有说过笑话,有一次聊天我就说，你怎么不说笑话的？他说，那我说一个吧：我就是一个笑话。

千挑万选了一袋瓜子，不给香港集运，宝贝失效，现在去睡觉。

过敏严重起来真是痛不欲生啊，洗一个澡都好像洗了一桶汽油，然后点火烧。半夜醒过来想着要不要去看急诊要不要天都亮了，上一次因为过敏去医院都是十四年前了，简直是窒息。

太痛太苦了出来喝一杯生姜柠檬可乐，就是食物中毒也比花生过敏好过。

没能赶在更糟前睡着，肿得眼睛都睁不开了。想想未来还有多少病痛的日子，真是没有勇气去过老年人生活。

刚刚开始写朋友圈的时候写过一个"雨夜，病痛，老妇人，猫。我就缺个猫了。"所以这算是一个循环圈吗，只不过我现在有只仓鼠了。

为什么你们都在外面吃啊玩啊晒啊，今晚不是没饭吃的单身狗之夜吗？

看了《回光》，买什么都没有用了。

昨天看了《回光》，女主拿金马最佳女主角是应该的。我想说点什么的，可是过敏掐住了喉咙，我还是先活下去再说吧。

前面两个十岁女孩，一个说，我明年要去打耳洞。另一个说，这样太不尊重耳朵了吧。

我觉得我朋友圈的人都太刻苦了，我都不好意思去睡觉了。

刚才跟人吵架，骂人长得跟万圣节似的，写得也跟万圣节似的。我真是太过分了，明明万圣节都过了。以后得这么骂，长得跟圣诞节似的，写得也跟圣诞节似的。

我怎么这么想打人呢，是不是月亮太大了。

听说昨晚好多人咬人了。

两年前开始写作的时候在电脑上贴了一张小纸条，Isak Dinesen 说的，每天写一点。我当然是一点都没有做到啦，小纸条都有点变黄了。我是把小纸条撕下来呢，还是再把"不为所喜，不为所忧"补上呢？

渣男特别多，今年都过不下去了。

贾老师说的，要出柜，不要出轨。

反正我是这么想的，如果他要出轨，孕不孕的他都会出。昨天删了贾老师说的要出柜不要出轨，是因为我突然意识到这个世界上是有双的，双的出柜出轨我真的搞不清楚了。

我一直是一个不喜欢买东西的人，但是今天看到一个大眼睛售货员，眼睛真大真大啊，特别像我小时候的一个朋友，我就盯着她的大眼睛，买了一堆东西。

很愤怒地写完了一个小说，我的情绪有很大的问题。

从来就没有理解过电子音乐，我连烟都不抽。

被韭菜打败以后出来吃蘑菇。

那我想变成考拉。

怎么有人看到色情，我只看到爱情。

一连看三集《西部故事》的问题就是厌倦很厌倦。

梦见一个人去了一个小镇,一个小旅馆,一张床,冰冷,出去吃早饭,一个小铺子,所有的东西都是凉的。

熊掉了。

我想收集闺蜜,因为闺蜜有用。

早上顿悟,终于理解了艾米的电影,那么强势的女人也找得到男人的,因为那个男的真的很 gay 啊,可是艾米还是要示个弱。吕丽君败给甘比也是,不会小鸟依人啊。我要思考一下我下半生的面目了。

我的编辑竟然叫我别写了,出去运动运动。因为感恩节吗?还是我再这么下去实在让人看不下去了。

我觉得大家都要感谢地球,忍了你们这么久。

西安去到北京再到香港的样书,感谢两位周老师的人力搬运,真的实现了一次《到香港去》。

比随便吃更多爱的不是买包包和我养你。是什么?使劲吃。

很难过很难过的旋转木马，回不去了，也没有明天。

其实我很怕推荐我喜欢的电影，肯定又被说青春期变态漫长。会结束的会结束的马上就更年期了。

我再怎么写也不能让我的人生更好一点了。所以我经常不写了。红心女皇过得也挺精彩的，除了头有点大，可是她在每一集里都会说没有人爱我。爱丽丝梦游仙境啊，所以有人说我的青春期太漫长了。我老是想象你们的样子，威风凛凛的，我都长老了我也没有你们的样子。我很害怕啊我很害怕啊。

对我来说成绩单上只有两种，一种是A，一种不是A。明年加油。

校园欺凌，我经历的根本就是白雪公主杀人事件嘛。《Sunny》里面一群大妈和一群欺负人的坏女孩打群架好看死了，如果时光可以倒流可是时光不能倒流，可是我们还是会从过去学到什么的。

小时候想着将来要找一个志趣相投的老公，夜半各自读书写稿，画面一定太美。如今真正过上了半夜披头散发写稿子的日子，才领悟到，哀啊，要是两个人都这么赶稿，那是百事哀啊。

你们都要把我搞分裂了，一堆晒开会的，一堆骂开会的，反正我只要最帅的。姐姐别回头，皇冠会掉。

我不要别人代表我。

其实我一直追美国超模大赛的。有的人身上从来就没有过钱，为什么看起来那么高贵呢？

《绝望主妇》对我来说是绝无仅有的，《西部世界》肯定替代不了它。

《水瓶座》这个片绝对是对我们水瓶座的污蔑。我们根本就不需要房子好吗还钉子户。我们都是在天上飞的。

罂粟是什么花。

你好，十二月。

维密美死了，我为什么只买她家的 pajama 嘛。现在穿什么都穿不下了。

石榴像牙齿。

想跟闺蜜 share 一张照片，才发现我已经一个闺蜜都没有了。

只要你的颜值还在，我的文字就会在。

我是清理朋友圈呢还是清理我自己呢。

睡了，亲。

我要代表我们火星人消灭你们，愚蠢的人类。

旁边的男人说，你喜欢小白脸吗？洗头妹妹说，啊？他说，我洗了脸脸就白了啊。洗头妹妹说，我喜欢干净的脸。深圳太好玩了，我以后要经常来。

刚才有个人给我发了条短信，又回收了。太好奇了太好奇了。问他回收的什么，他又不答。我想我会盯着他问一夜的，到底回收的是什么。

《西部世界》最终集太欢乐了。我都满血复活了。

其实是写了一个文解释《一个人的朋友圈》的，但是太长了 2000 字，我写小说也就写这么长。但是我去年就是写了一万两千字的朋友圈，还写写删删的。这些字先是发在《莽原》第 5 期，然后收入了我的随笔书《我当我是去流浪》，然后分三天发了这次"作家的生活"。今年我在朋友圈写了 9000 字，以后肯定越写越少，要不朋友越来越少了。

我二十岁的时候嘲笑过一个四十岁阿姨的小说的性爱描述是这样的，哥哥啊你不要停啊不要停。现在我不想笑了，确实不好写。但是可以不写啊，整个小说也是可以不写的。我决定不写了，出去玩。

一年去一次的荃湾，街上全是卤肉的味道。

在荃湾都迷路。只好进个路边店吃他们的东西然后好问路。我上次在街上问路差点没跟人打起来。

还有比配着一条黄油吃下一袋薯片更自暴自弃的吗。

你们有没有想过人不睡觉会死是一种程序设定。只要睡着，即使几分钟，你就被重启了。我 HBO 看多了。

大清早再看一遍王苋的小说《父亲的毒药》，居然泪流满面的。我之前看太快了，我也写太快了，过去两个月把明年一年的小说都写完了。我也在 20 岁的时候把接下来 20 年的小说都写完了。眼泪让我的眼睛什么都看不到了，我想的是，如果我能够像她那样一年只写一个中篇但是写到很好，其实也够了。

女声我喜欢 My little airport，男声喜欢新青年理发厅。

24 真是一个神奇的数字。

看了黄佟佟的《这 20 年》太唏嘘了。1996 年我在《雨花》发了第一个小说专辑，拿了萌芽新人小说奖，对，那个时候《萌芽》还是《萌芽》。2015 年回来写作难到死，好不容易出了随笔书《请把我留在这时光里》，麦小麦读书会支持了我一场读书会，佟佟是主持。她的笑容好美。越来越好。

苏珊·米勒说今天会有一个年长的人给我明智的建议。可是我身边也没有年长的人啊。要么下午亲爱的老师从加州过来港大。我要不要在晚饭前去看一下港大呢？好像只去过一次，还是两年前了。

每次出门都会迷路迷路迷路！头都要炸了。

住到第四年的时候我还在网上查会展中心在哪里，第七年了，我第二次去港大，仍然迷了路。香港其实很美丽啊，我什么时候才能爱上她。

我说，我不要住美国，他说，你可以住中国城啊。不知道算不算是一个明智的建议。

太喜欢我的背影了，又坚决，又孤独，又胖，周围全是破房子。

林老师说的，只看见胖了。

顾老师说的，一个人的朋友圈，全世界的动物园。

想去下雪的地方想画蝴蝶想冷到死，想望一下窗外，大雪还有小孩。香港春天不是春天冬天也不是冬天。

重看一遍《西部世界》第十集，再欢乐一遍。狂暴的欢愉必将有狂暴的结局。

这个时间的朋友圈总是特别安静的。我知道你们都要睡午觉。

每到这个点就会听到艾薇尔唱爹地你为什么吃掉我的朋友们。头又要炸了。

我刚才是丢了几百字，捡回来好像很烦，算了，有点遗憾。然后突然想到自己丢了十五年，十五年十五年十五年。

感觉从明年一月开始会很疯狂的，各种巨著各种会，也不知道这个书店游走的风俗是几时开始的。

写散文写长过小说以后，写创作谈还写长过小说了。我到底是要专业写小说呢还是专业写创作谈呢，这个问题要想好。嗯，去睡吧，以后别写这么长了。

还在说校园欺凌啊，好吧我中一的时候班里有个男生，倒是从来不打我，就是每天早上都会告诉我一声，你长得好丑啊。每天放学的时候再问我一遍，你知道狗熊奶奶是笨死的吗？天哪也不知道我那些年是怎么过来的。哦还有个女班长，率领了全班女同学，谁都不许跟我说话，整整三年。我倒是希望她们打我，一边打我一边跟我说话多好。

豆瓣上有个人说，发现了一个作家叫周洁茹的挺有意思，四十岁的年纪，说二十岁的话。气死我了，四十岁应该说什么话。

昨天最瘦的闺蜜跟我说，你要去健身！我以前还打球来着，现在也没人跟我打啊。于是我去了深圳，挑战了我的生理极限——拔火罐！过程真是无法言说，而且我现在肯定跟个七星瓢虫似的。

你不知道我有多开心，小说集哎终于是小说集，另外四位是陈谦、方丽娜、王芫、曾晓文。二十年前出第一本小说集有多开心好像还在昨天，还有卫慧、棉棉、金仁顺、朱文颖，记得好清楚。重新开始写作有多艰难。陈奕迅说的，位置变了，各有队友。可是我为什么又要哭了呢。

成年人的世界是这样的。我叫你去睡，你不睡，那是你的问题。反正我要睡了。晚安亲爱的。不是我爱不爱你，只是我要睡了。

你给我唱《董小姐》，我只好给你唱《奇妙能力歌》了。

你爱全人类，原来我不是人类。

不要喝酒不要哭不要爱人类。

为什么我删掉一个人我要哭得不行，我为什么老折磨我自己呢。

前天还跟个朋友说,别喝酒了,伤身。咱这个岁数宁肯伤一百遍心,不伤一次身,我是这么说的。我错了。伤心太伤心了,还是伤身吧。

我要去韩国割双眼皮。

再听一遍伊能静的《悲伤朱丽叶》,我对她真是讨厌不起来。

我一直喜欢章子怡的,水瓶女,狠。所有水瓶女的共同点就是爱渣男。

常州人的冬至吃胡葱笃豆腐。

删掉两千字呢还是重写三千字呢。想着想着就睡着了。今天的事儿又到了明天。

失眠是传染病。你传我,我传你,传来传去。安眠药吃不饱。

2001年圣诞节,《中国娃娃》新书会,也是我爸的生日。书的编辑周琳请我们在一间韩国店吃晚饭,知道我爸生日就问他们可不可以做一份中国的长寿面,店里做了,好大一碗,还送了一个蛋糕,所有服务员都跑过来唱生日歌。我爸说那是他吃过的最好吃的面条。真的好感谢她,这么美好的姑娘。想起来都是很多爱与喜悦。

她说,美国还好吧,我说,还好吧。她说,我们去三里屯喝醉吧,我说,好吧。然后我们一起坐在马路牙子上面,半夜三更,我们俩翻遍了我们的手机,一个男生都叫不出来。我说的都是真的。

四十岁是一道分界岭。

狠狠地离开,欢天喜地地回来。

到广州去。广州这个地方真是让我一想起来就泪流满面啊。

收到《广州文艺》,去年这个时候一个会的发言,时间好快啊,又是一年。

也是去年的12月28日,王芫过来香港,我们拥抱了好像还哭了,我们好好生活了也好好写作了,我们肯定更好了而且越来越好了。时间真的太奇妙了。

祝贺虚荣时光开业。昨晚就住在这里,喝了好酒,睡了好觉,还吃了夜宵,一切都太好太好了。我要会唱会跳就好了我只会写小说,所以我会写一个小说《到虚荣时光去》。

还有就是欧亚太好玩了，他会问，你七几的？我说七六。他说，我也是。然后他又问，七六几月的？我说，你几月的？他说，六月的。我说，那我比你大。他说，大几个月？

昨天有个小朋友拿了一个名字要我签书，我一看，陈桥生，我跟自己说，千万别写成陈家桥也别写成陈楚生，结果写成了陈家生，小朋友说，不要紧不要紧给我吧，你再签一本对的给我们领导。我只让出版社寄了五本书这次，但还是又签了一本。签完问他，你们领导七零后吧，他说，是啊。又说，我小学时候看过你的书。我说，你打击不了我了，我还遇到过一个幼儿园就看我书的呢。

大家都讲好多好多话啊，我就讲了三句。哪三句？1，写海外不会被转载。2，我在美国确实没见过什么男作家。3，我们在国外的十几年都不是浪费。

梦到一个人坐在课桌的后面，跟我说，下个月就是你生日了，我送你一个礼物吧。我说，你不是年年送的嘛，而且也是你的生日嘛。梦里好亲切，好像从小就认识他，太清晰了醒了都把梦一直记到下午。现实里，我已经删了他。

Ying 说木马是死的，逻辑是死的，芭蕾舞裙是性幻想，两个一起分析，就是性幻想被逻辑杀死了。所以你说的甜的和轻的太重要了。Ying 说，你是活生生的。我说，可是我好想死啊。Ying 说，想死就是活的动力。我说，好吧。

女神姐姐别回头，皇冠会掉，掉了别捡，做女神经也很好。

想起来去年的这一天，哭了半夜。

想起来去年的这一天，我得到一个一个字的礼物。不是爱，是滚。

去年有个老师说，全地球就你不读书还理直气壮的，我想要发个奋的可是实在做不到啊。所以我的新年愿望就是，我想干嘛就干嘛。

还有一个愿望，瘦成杨千嬅。

我发了个奋，亲手做了个花椒鱼。

桢老师说的，劝你努力的都是真心人。但是真要对我好就别烦我，再跟我说好好写那三个字我就要打人了。

两三年前为了什么事删了一个人，我做事情真的太表演了。另外一个人就说了，你也这么大年纪了能不幼稚吗？快把他拉回来！我就把这个人也删了。后来后来两个人都拉回来了，但是再也回不去了，互相都不会再点赞也没有评论，我看得到他们，他们也许看得到我，但是都没有什么关系了。这样的回来，真的不如不回来。所以，你要么不删人，要么删了就别再拉回来。

我来讲个笑话吧。有一年，因为没有人祝我生日快乐，我就走了。

好吧我认真一点。我来讲个笑话吧。我爱你。

朋友圈里所有的母亲都在哭，我想说来香港找我玩吧。可是香港好小啊，可是我们不能一直住在香港。我也想哭了。

前面两个十多岁的女孩，一个说，上周四青山医院开放日，另一个说，是啊，我妈讲她要去。一个就说，我妈也讲的她要去。另一个就说，为什么她们都要去啊。

我发现你们跟我讲的最多的三个字是，在开会。第二多的三个字是，带小孩。我走错时代了还是走错圈了。

大雨，等出租车的人龙好长，还好我排第一个。一辆空车过来，排我后面的一个男的冲出去抢了那车。我忍不住大骂——贱男！所有排队的人都指责我，男女老幼，他们说他抢那个车是为了把更新更好的车留给我。我就，气醒了。

豆瓣太浪费时间了，我把每个应用都用了一遍然后觉得并不好用也不好玩，而且也惊讶地发现我2008年还注册过一个帐号，当时互加的人听都没听过，七年八年，有的人已经是大咖了。好吧我是说时光，时光你真的太快太坏了。

做了个小站。好了豆瓣就玩到这儿了。我干别的去了。

我小时候读过一首诗，写的一个中国诗人第一次出国，看到一个好豪华的大房子，房子前面站着一个黑人小孩，小孩按门铃可是门不开，下雨了门还是不开，黑人小孩一直按一直按一直按。

茨威格说的，她那时候还太年轻，不知道所有命运赠送的礼物，早已在暗中标好了价格。

动画电影《熊猫故事》里的熊猫说的，要想回到故乡去，那可是太难了。死也没有用。我下定决心，一定要活下去，直到回到故乡。

不着急，咱们慢慢来。

20岁萌芽奖，40岁莽原奖。太应景了从萌芽到莽原。

手别抖姐姐，也别凌乱，你中奖了，真的中奖了。

有人说我太软了，我决定以后都要硬一点。

小平跑出去买了我的书，我真的哭了，到底是老乡。

读者说，你写一句嘛，我就写了"谢谢你来看我"，人家明明是来听香港文学的我是蹭场的。记得他离开时的眼神。

有没有人因为贴了双眼皮过不了关还被海关的人嘲笑的。

《大公报》的姐姐坐地铁来找我，送给我一块糕点，是她一个印尼的作者知道她荣休后特意寄来。很甜很好吃啊。她说，我就切下一小块，想让你也尝一尝。这种情谊，也只有在香港才有吧。

有人说也会看一看我以前写的，我自己先去看了一看。太绝望了我写太多了自己都看不过来。我也不会去想以后要不要写少一点写好一点。我写不写我爱怎么写就怎么写，是我给自己的今天挣到的自由。

有人问我，你写了什么？我整理了一下才知道我还是写了一点什么。两三百万字 20 岁写到 40 岁中间还停十五年，你说我一个好的都没有还说我赶上好时代我只能强颜欢笑了，那种写了一个两个评论家捧一捧就出来了的，我太看不起了。什么地球我滚回火星了。

你要说一个两个那才是天才，笑话了哪个真天才的一个两个不是建立在一百个两百个上面。

不好意思我向写一个两个就出来了的表示道歉，我不是看不起你我是看不起评论家。

突然想起来徐怀钰，在一个颁奖礼上向张耀扬示爱，说他是她的最爱她见到他都发抖了呢，张耀扬冷淡地看着她。天啊全世界都知道耀扬哥是同志。我住加州的时候等纪大伟的回信也等哭了，他那时候在 LA 念比较文学，就是长得帅嘛。直到前年有个台湾人跟我讲纪大伟是同志啊全世界都知道。我傻了。

做指甲的时候伤了脚，每走一步都要倒抽一口冷气，我又不想告诉她们店长而且她也给过我一个好句子，轰轰烈烈的爱情只会在年轻的时候发生一次。她才几岁？最多二十吧。

怎样让自己停止写，出去干点别的？就是看一看自己以前写的，羞愧到想去死，根本就不想再写一个字了。

看走音天后笑死了。她说钱不是最重要的，两个年轻人敬佩地看着她的。她又说，有钱才是最重要的。他们傻了。

关于走调我有经验的，我就是唱歌很走调，但我自己是不知道的。这是真的。所以有的人写得不好，她自己也是不知道的。所有努力的故事都是悲伤的。

有人说我把《阴天》唱成《晴天》，怎么还好意思拿出来的？我要不要跟他绝交。他还说，真佩服你，走调能从第一句一直走到最后一句的。

突然胃疼，紧张还是爱。哦，饿的。

在一起。爱到胃痛，花开荼蘼。

即使是在香港冬天的早晨，我也有点起不来。我这十五年的时间安排都是要在早晨五点四十五分起床。但是只要我一想到我十五年之前是在江苏，那样的冬天我都过来了，还有更多的江苏人仍然在度着，香港冬天的早晨就真的不算什么了。

香港其实是没有冬天的，跟加州一样，马克·吐温说他经历过的世界上最冷的冬天是旧金山的夏天。我只能说一句，他穿少了。如果旧金山的唐人街有卖棉袄，那么旧金山就真的需要穿棉袄，在某个夏天的傍晚，我就真的买了那么一件，唐人街的花棉袄。

我想要一个蔡康永，想一百遍会不会有。

三月去了广州学而优，七月又去了广州1200，十二月又又又去了广州见最爱的王芫。然后就是六月培源来了香港，十二月又来了香港，九月一堆人来了香港，里面有我喜欢的路内。然后去了一下深圳，很高兴地卖了一下书，最高兴是见到我们家小平。2016挺好的，谢谢。

妈妈说收到莽原奖的证书了。真好啊，我当是最好的礼物，我的努力，我很珍惜。爱我们水瓶女很值的，一年只需要送一次礼物，圣诞节元旦新年春节生日和情人节，都在一起了。

女朋友拎了一个蛋糕来看我，我就开了一支酒，然后大白天的，喝大了。然后跟着她来到一个茶餐厅，要了一碗面，她教我用日语说"我先开动了"，然后跟着她去了一间蛇王海，然后买了花，含着眼泪告别。有一个女朋友真的太重要了。

终于看了《La La Land》，哭得一塌糊涂啊，所有青春梦想和爱的眼泪。还好一切都好起来了，明年会更好的。

米亚去试镜，他们要她讲一个故事。她就说，我在巴黎有一个姑姑，冬天跳进冰冷塞纳河里。他们都说她好蠢，可是她还是会再跳一次。这首歌就叫做《笨蛋不放弃梦想歌》，也是我离开又回来写然后写然后写的歌所以我看这个戏会哭啊真的。

出来买糖冬瓜，也买了大吉大利万事如意利是封。洁茹真是一个好名字啊，吉祥如意。

要是能跟爸爸妈妈一块儿过年，春晚都会变得好看的，可以一直看到《难忘今宵》都不要睡觉。

今天收到的礼物是，你想干嘛就干嘛。去海洋公园免费，要不要去呢。

有一年过生日，男朋友没有给我发红包，赞都没有一个。这才意识到原来他不是我男朋友。

我一个人待着好好的，突然有一个人翻墙进来说他爱我。我就被打死了。

《西游伏妖》挺好看的啊，白骨精那段我又哭了。随心随性想干嘛就干嘛大法好啊，我要修。

你说九头神鹏是为什么啊？为了看人露出真面目？就那么想看啊看到傻笑？还是为了让如来看她一眼？如来自己说的，你在我身边可是一直不长进我也没办法了，好了好了不说了。

你们睡前看看书，我想想事，其实都一样，睡着了。

两个靠在一起的餐馆都想吃的情况下，我选择要一家的外卖带走，坐人少一点的那一家堂食，想坐多久就坐多久。

不在迪士尼排一天队不知道自己体力不行，去年排了两个环球影城都不怎么累。到底过了个年。

没有看过《立春》但是看过《孔雀》，所以跟住姐姐买番茄哭出来的，都觉得自己的理想破灭了吧。可是哭什么哭嘛，青春都是用来浪费的。

如果你很害怕，
就去想一头粉红的大象。

你为什么写啊？为了让他看到我。咦？写作应该是为自己啊，不为别人。我不知道别人我只知道我要他看我一眼。他看你了没？没。那你还写不？写。

我喜欢有未来的男人和有过去的女人。——王尔德

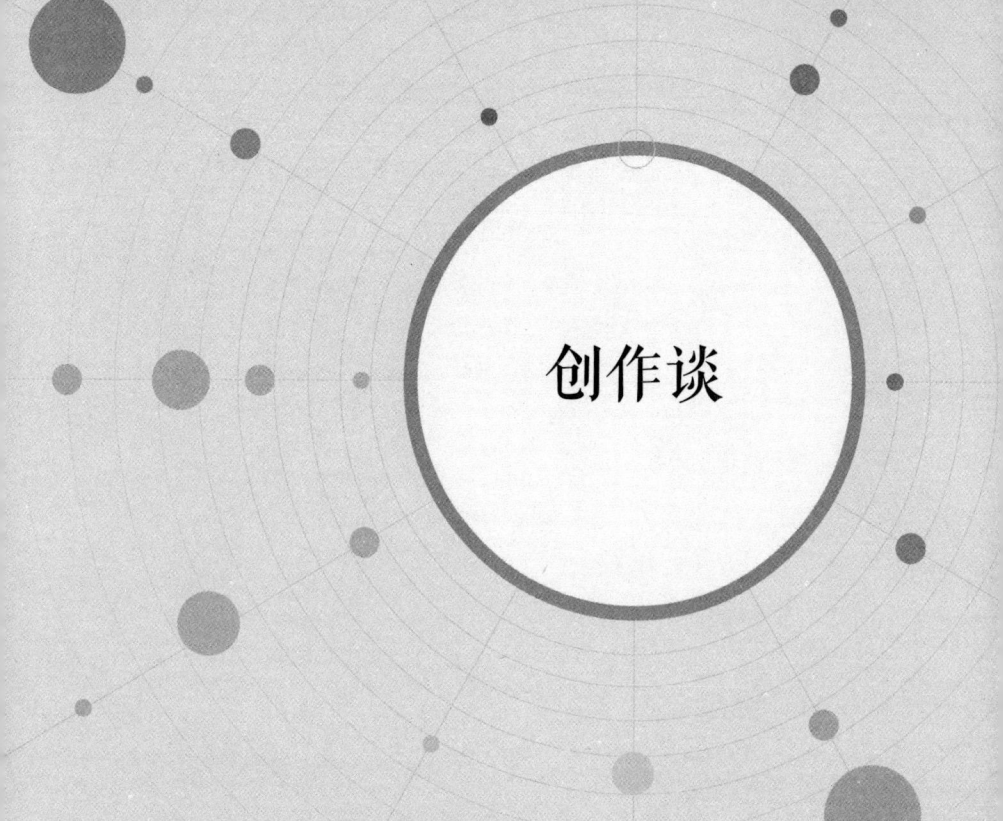

创作谈

① 现在的状态

1，现在的状态，1997

菲茨杰拉德说，每个人的青春都是一场梦，一种化学的发疯形式。对于我来说，也许年纪已经不是一个优势了，它成为了我的障碍，非常大的障碍。我总是在考虑我的年纪，考虑我是不是还没有阅读足够多的书籍，考虑我是不是还没有掌握好小说的技术，我认为我也许会因为年纪而受到轻视，总之我一直以来就是因为年纪而苦恼。

可以这么说，我的小说就是我的生活。我关注我身边的男女，他们都是一些深陷于时尚中间的年轻人，当然我也是他们中间的一个，从我们出生的那一天起众多的新鲜事物就开始频繁地出现，我们崇尚潮流，自我感觉良好。我认为我看见了很多东西，我想叙述它们，但我始终在写一些很浅直很狭窄的东西，关于年轻关于爱情之类，我只是在用我的方式写我个人的想法，虽然这种想法不太成熟，而且没有道理。我试着改变，想写点别的什么，这时候我发现了我的稚嫩和无助。

供职的单位在一个偏僻的地方，很远，每天有车来接送，路上仍要花费很长的一段时间，上了班，再想要出去，交通就是件麻烦的事情，于是除了上班，我什么事也干不了。我只是把我能够记录下来的点点滴滴，我能够体会到的想法，凑几个晚上赶成一篇很粗糙的东西。好在我现在还处于最青春最富足的时期，我的身体可以允许我上班，并且写作。现在我最大的心愿就是能有充足的时间写作。我曾经做过一个梦，梦里我拥有了最多最多的时间，天啊，这么多的时间我怎么支配着用呢？在梦里我笑出声来了，我只希望它不再是一个梦，它实实在在地发生了。

我还是庆幸我赶上了一个美好的时代，自从我写作，我使用的就是最好的电脑，键盘柔软，存储快捷，但是我从不知道去珍惜它，平日里不写，夜深人静了，才有了空闲去写，却总是力不从心。大概每个人都有这样的过程，只是很多人就会在这段过程中放弃掉了，我还是想努力地写下去，用勤奋来发作品而不是其他。

我不是一个有写作天分的人，但是我相信我的努力，因为对写作看若生命的注重，我没有把全部的时间都花费到娱乐和爱情问题上面，当然它们对于一个年轻女人是很重要的。我感激我最初的选择，它指导了我让我没有陷进那种什么也不是的生活中去。

我想我会勤奋地写下去，一直到我老，当我站在大厅里坦然地说"我已经老了"这句话的时候。

2，头朝下游泳的鱼，1998

家里养着一缸鱼，它们在江南的水里腐烂。有一条鱼，它的背部烂出了无数个洞，但是它不知道怎么说出来，让人知道它痛。于是它开始头朝下，尾部朝上地游动，它每天都那样游来游去，人却觉得有趣，笑着观赏它古怪的姿态。鱼很快就适应了这种疼痛，因为什么也没有得到改变，水没有换掉，又没有药吃，于是它只能死了，死得又很难看，僵直着动也不动，就那样头朝下地死掉了。

我把它捞出来扔掉，因为别的鱼还在活着，只是或多或少地烂着，它们都把烂肉藏起来，静止着不动，就不会太痛。

可是我为了这条死鱼哭了一场，就是《泰坦尼克号》也没能让我掉过一滴眼泪。我歧视为了别人的虚假爱情自作多情或者为了别人的爱情虚假地自作多情。

我哭是因为我像极了这条鱼，我一直在腐烂，环境是富裕的，父母也是恩爱的，从小到大，又没有多余的孩子来与我争夺什么。可是我在腐烂，一直烂下去。

我固执地认为，写小说是我的事业，可是他们告诉我，你现在从事的工作才是你的事业，小说只是业余爱好。我觉得我受到了打击，于是我开始想做点什么，但我只是在玩各种各样的花招，比如把头发染黄，并且希望他们在食堂里看到我的时候把调羹咽到肚子里去。我还干了点别的，比如穿着旗袍和木屐去上班，可是到年终我被评为了爱卫先进和档案工作先进，我始终不明白为什么要让我成为那些先进，我认为所有的先进都是我的耻辱。

我一直在想，换了别人，也许会对我现在过的这种生活心满意足，所有的人都以为我幸福或者给了我幸福，我却痛苦。要么离开给我饭吃的地方，饿死，要么不离开给我饭吃的地方，烂死。我已经不太在乎怎么死了，死总归是难看的。

长此以来，我无法写作。身体不自由，连心也是不自由的，所写的东西就充满了自由和绮想。

如果说我身陷囹圄，写作就是我从栅栏里伸出来的一只手，我等待着它变成一把钥匙。

3，活在沼泽里的鱼，1998

印第安人说，创造万物的人，厌倦了做人就变成鱼活在沼泽里，很快鱼又觉得沼泽的水太浅，它游到大海里去了。

我把它写进了我最喜欢的小说《鱼》(《江南》1998年4期)里，在这篇小说里，"我"说，我的青春都给了报纸，每年年底把报纸拖出去卖就会发觉它们变得沉甸甸的，里面浸湿了我的青春。

这也是我的现实。

我全部的现实似乎就是坐在那里，看报纸，喝茶，开一些很大或很小很重要或不很重要的会议。

我曾经在《头朝下游泳的鱼》(《作家》1998年7期)中说到，我把头发染黄了，可能我是第一个把头发染得那么令人触目惊心的公务员,他们在食堂里看到我,他们窃窃私语,他们兴奋地把调羹都咽到肚子里去了,他们说,天啊,周洁茹染了头发,一定被她爸揍了一顿。我热爱这样的评论。

小时候,我就一直有这种欲望,我要把所有的事情都弄糟,弄得不可收拾,可我从小到大干的每一件事情都很完满,我那么勤奋,努力,我把每一件事情都做好,以谋取大人们的关注。我那么渴望关注,因为我孤独,我身上背负了父母所有的爱,他们竭力想要我明白,因为我惟一,所以他们要超出百倍地爱我,因为爱我,所以他们要约束我。而真正的原因是,因为我惟一,所以我超出百倍地爱他们,因为爱他们,所以我约束了我自己。

我想解释我要辞职的理由,因为我从来就是被迫着,我从来就不幸福,我很想进入一种不被迫的状态中。想想而已。我们生活在这么温情和美丽的年代,每个人都待我们好,我们吃饱,穿暖,我们应该满足。

我们亮出了虚假繁荣的七十年代的旗帜,我们低吟浅唱,七十年代要说话。

我谈论鱼,因为我相信鱼是厌倦了做人的人。活在沼泽里的鱼,尾部都是残破的,死了一样浮游在水里。可每一条活在沼泽里的鱼,一定都梦想着舞动完整的尾部,去海里。

我做过很多类似的梦,那些梦像碎片一样重复地飞来飞去。我的每一个梦里,飞机都飞不起来,它们像动物那样嘶嘶乱笑,在跑道上缓慢地移动，拐弯抹角，可就是飞不起来，于是我写了《飞》（《花城》1998年3期），它是我对自己1997年写作的总结，我想我再也不会去写像《飞》那样轻松和跳跃的小说了。

要飞起来，确实很难，现在惟一能做的，就是游到海里去了。

4，年关，1998-1999

我曾经在自己的小说中说，一过了二十岁，年纪就飞起来了。确实，时间是那么快地飞着，过了这个年，我就二十四虚岁了，也许并不能算老，却有一种很深很深的老了的感觉。与一个朋友聊天，过去的这一年中，她去了日本，又回来了，她差一点结婚，还是没有结，而现在，到年关了，除了两个人都还是单身，除了发生过的那些怎么也改变不了我们的小故事，什么都是物是人非了。

过去的那么多年中，我一直都在工作，我从不会把自己空置到某种闲散的生活状态中去，我总是很紧张，因为我知道时间会过得非常快，在一列飞驰的火车上我惟一能做的就是必须与它保持一致，如果不是太绝望，我不会主动选择做一个跳车者。

我属兔，今年是我的本命年，母亲在我生日的时候送了我一只玉如意，绘着蝙蝠和云纹，有"流云百福"的意思。父母的爱让我感受到，这世界上最珍贵的仍是亲情。我曾经想过要放弃一切，去北京，可是我生活在一场局限中，我全部的现实就是我必须要与现实妥协。再以后再以后我都不会再像年轻的时候那么冲动，我会回忆往事：在我二十三岁的时候，我想过要永远离开。

过去的这一年，我写出了比往年更好的小说，我不可能让自己在新的一年，做得还没有旧年好。我要求自己一直都要向上，这些需要常态下的生活环境，较少的干扰和健康的身体，所以，在飞的时候我从不闭上眼睛，我的每一天都用来阅读和写作，但我已经很少再去思考了，我时常思考活下去的理由，写作的理由，我曾经认为一切都是无意义的，父母的爱是我活下去和写下去的理由。再没有其他。

我已经有四个月没有写一个字了，我说过，我要改头换面，每年的年关，我都这么说，我给自己列了些计划，那些计划总是在困难但固执地进行着。

在过去的一年，我做了很多前卫杂志的答卷和命题作文，他们要求我谈论爱情和婚姻，那些深深浅浅的短文章把我弄疯了，我一直要说的就是我与时尚评判、乐评、散文随笔什么的无关，一定要牵扯与它们的关系，那么，我只是用它们来赚一点零钱。我曾经想过与一切保持良好的关系,我想新的一年我决不会再合作了,我会重新开始写作，像我很小的时候，我疯狂地写作，在写作中得到快乐。那是一段多么美的日子。

5，一天到晚散步的鱼，1999

我一直后悔我到今年才读到了张爱玲的小说，那真是一个严重透了的错误，但我看到了她的很多照片和手绘，我发现她那么美。我刚刚才发现。

我做兼职电台的时候有听众问我,你为什么只喜欢伊能静?

我说,因为伊能静可以在自己的书里写,如果我的欲念更深沉一些或者节制一些就好了,但我却又想也不过是一次的人生,精精彩彩岂不更好?伊能静还写,张爱玲也说过,成名要趁早,来得太晚快乐也不那么痛快。

我同意。

我在二十岁以前认为写作可以成名,可是现在我已经过二十岁了,所以我的观念已经很不同了。有一种文化周刊,很多人都在上面诉说,我为什么写作?他们说了很多话,可我还是不太明白,他们为什么写。

我在1997年说,我写是因为我孤单;我在1998年说,我写是因为我不自由;我在1999年年关的时候说,我写是因为父母的爱。现在我说什么,也许我每年都会说出不同的理由来。

我在网络上有个个人主页,所以我每天都会看到很多留言和电邮,我亲自看它们,回复它们,我从不弄虚作假。有一天我终于收到了来自我自己城市的一封信,那是第一封也是惟一的一封,我激动极了,但我强装冷静地给那个孩子回信,并且我安慰她,身在这个地方,却被这个地方漠视,是好事情。

那个名字叫做莉美的女孩子,她问我很多问题,那些问题都是很奇怪的,可是我每一个问题都诚实地回答,我喜欢所有不严肃但是有意义的问题。

莉美问我，你去过沙漠吗？我说没有。

莉美问我，你是行政编制吗？工资多少？我说，我目前还是行政编制，每月工资是八百三拾八元七角三分。

莉美问我，你喜欢钱吗？我说，我喜欢。

莉美说，我喜欢《鹿鼎记》里的陈小春，你喜欢什么？我说，我喜欢《古惑仔》里的陈小春。

莉美说，你看什么书长大？我看什么书才好？我说，我小时候只看《西游记》，再后来我什么书都看，你就看张爱玲和三毛吧，活在过去和神话中不会头疼。

莉美说，我求神不要让我写错地址。我说，神没有让你的地址错误，我正在给你回信。

我买了麦田制作的朴树《我去2000年》，我反反复复地听他的第四首歌《那些花儿》，歌里有我以前一个好朋友的笑，她的名字写在封套上，那么明白。我反反复复地听，她的声音，那么活泼，像她的小时候。可是我不知道她在笑，还是在哭。

我写的最好的小说，它是我1997年的小说，名字叫做《花》，说的是我和她们的故事。以前我有最好的女伴，我们三个人，那个在朴树的音乐里笑的女子，她在北京，永远也不会回来了。另一个，她从商，在海口度过了她最美的时光，我刚刚接过她的电话，她说，我也开始写小说了，小说的题目是《那个有雾的海南》。

6，海里的鱼，1999

我坐在海口的一条船上看日落，我想，生活多么美，可是我过得多么惨。

可是我看见有一条鱼从水盆里蹦出来了，我猜测它是海里的鱼，因为它不停地跳来跳去，并且惊人地直立起来，在地面上摆出了水里的姿态，而淡水鱼如果蹦出来，只会软塌塌地趴在那儿，等待着有人捡它起来，重新扔进水里。

海里的鱼仍然跳来跳去，小姐和厨师们都忙，没有人看它，它直立了一会儿，然后死了，这些都发生在一分钟内，一条鱼的死亡，迅速极了。

我有轻微的电梯恐惧症和飞机恐惧症，每次我上电梯和飞机，就会发抖，担心它们会突然从高空坠落下来。有一次，一个坐在我旁边的男人说，飞机如果出事故的话会很快，几秒钟吧，什么都结束了，所以你根本不必要恐慌的。

我很悲哀，因为我一直都在想，如果一切都没有办法避免的话，我希望我能在飞机坠毁前的那刻打通最后一个电话，告诉我的妈妈，我爱她。可事实是，一切都只会在几秒钟之内结束。所以我悲哀。

我以前认为我是一条鱼，可以游到海里去，后来我才知道我只是一条淡水鱼，我比谁都要软弱，如果他们笼络我，我就被笼络，如果他们招安我，我就被招安，总之，再在水里活几天总比跳来跳去跳了一身血死了的好。我是这么想的。

7，看着天亮，1999

我开始了专职写作的生活，之前我在一个遥远的机关坐班，每天都要赶一个小时的车程去上班，冬天我起不了床就想彻底死去，可我从不迟到早退，如果我没赶上我们的班车我就会叫了的士紧紧地追随着它，我紧张得喘不过气来。可是，一切都过去啦。

我睡了一天一夜，我妈说她听到了我在梦里笑，后来她问我，你笑什么？我说我笑什么，我笑了吗？

后来我在网络聊天室里说了三天三夜话，快疯了。

后来我开始安定下来。

我每天凌晨四点睡，到上午十一点，起床，我真喜欢这样的生活，太幸福，幸福得说不出来话来，惟一的遗憾只是，看不到早晨的第一道阳光，但是可以看到，天慢慢地暗，天又慢慢地亮，多么神奇。

我实在写不了什么就到聊天室去看看，有时候我说说话，有时候我什么都不说，有时候我会看到一对青年男女在恋爱，真的似的，有时候我会看到两个男人恶狠狠地吵架。真好。

我看一档固定的音乐节目，它在深夜十一点播出，我喜欢看那个笑起来有点尴尬的小女人，她的头发每天都不一样，每天我开电视都希望他们换人，可是每天都是她，有时候梳两个小辫，扎着红头绳，有时候披头散发，像我。

如果我懒得走路到客厅，我就听电台，十一点到十二点，午夜唱片街，每一首都是我喜欢的，那个掌管这个节目的好孩子，他和我一样，像猫一样生活着,夜深了,我们的眼睛才闪闪发光。全天播音结束他才回家,下了节目他会打电话问我,今天的唱片怎么样?你继续写吧,我回家啦。很得意的声音。

我喝了一杯牛奶,我很清醒,我躺到沙发上,放一张莫文蔚的现场版,音乐开始的时候,我吓了一跳,我从没有听过那么令我触目惊心的声音,我的每一根汗毛都竖起来了。可是,她不化妆,衣裳也简单,多么好,我只是悬着,总悬着,怕她唱到半途实在也唱不上去了,我们都悬着。

我有点饿,我给自己泡了一碗面,我把面放在微波炉里,两分钟,我以为可以吃了,当然后来我才知道必须要三分钟,只一小会儿的差别。我每天都吃泡得不太烂的面,它们使我为了一碗面就憎恨生活。

我会收到一些电邮,是我的朋友们,在不可思议的应该熟睡的北京时间里发出来,我一想到他们那儿阳光正明媚,就会有一点儿悲伤。

我喝了一杯牛奶。我去睡了。

8,我在做什么,1999

一九九九年八月一日,我终于开始了专职写作的生活。此前,我是一个优秀的机关公务员,我不迟到,也不串办公室,我曾经想过,如果我一直这么优秀下去,我可能会成为一个优秀的领导。可是,如果我还坐班,再坐下去,我就疯了。

我很高兴,我想重新建立我的生活规律,在我还坐班的时候,我通常凌晨七点出门，坐车，上班，晚上六点半，我回家，八点，我开始写作，我在楼下一间俱乐部的鬼哭狼嚎中飞快地敲键盘，直到我累了，我去睡了。在我数到一万只羊的时候，凌晨六点半到了，于是我就爬起来穿衣服，洗脸，上班。我会因为没有觉睡而仇恨生活。夜以继日。

我看着天亮，那是一种奇异的感觉。

现在我每天都坐在家里，可我还习惯着在深夜里写作，惟一不同的是，我白天可以睡觉啦。

那个俱乐部门口总停着很多出租车，在我熄灯的同时，它们也离去，我喜欢趴在窗台上看它们，我很爱它们，它们和我一样，看着天亮。

从八月开始，我再也没有写一个字，我对自己说，我要开始享受生活啦。

于是我很快地买了机票，去了海南，我坐在海边看鱼，认为生活很美。九月，我在山东，我从深夜十点开始爬山，下大雨，我打着一把伞，后来我把伞和一部分行李扔了，可我还是没有爬到山顶，因为雨一直下。十月，我要去福建，我在网络上有一个名字叫做郁郁的好朋友，郁郁说，我要带一个有点帅的摄影师来拍你。

我在写一个网络小说，计划中它是一个二十万字的小东西，名字叫做《小妖的网》，如果出版社喜欢这个名字，那么它会在出版后还叫这个名字。我想所有的好孩子都会在新千年看到我的书，与台湾故事不同，它会是一个有着完满结局的网络爱情故事。

② 我和我的时空比赛

1,岛上

乔安说的,这个岛没有希望。乔安说了好多次。乔安还说过女人的房间是女人的城堡这种话。乔安每天都说太多话了,没有办法都记录下来。

但是我真的去想了一下,香港,是不是一个没有希望的岛?电影《念念》里面李心洁说那一句,要不是你们这两个小孩,我早就离开这小岛。我一直一直地记得。导演张艾嘉选择李心洁,因为她是1976年出生的水瓶星座?水瓶座全是不漂亮但是好气质的,或者只是因为她来自马来西亚?我可以马上想起来很多她们,梁静茹和孙燕姿,陈绮贞,她们天生的岛屿的气息。马来西亚,新加坡,台湾和香港,岛和岛,很多很多岛。

这些岛,在我这里都是一样的,要么热一点,或者再热一点。

为了看一下快要绝迹的萤火虫,我去到距离吉隆坡两个小时车程的一片红树林,最后一班夜船,已经河水满涨,鳄鱼出没。头昏脑涨的热,也不知道为着什么。只知道这一次打扰,天天夜夜的打扰,萤火虫必定是要绝迹的。船靠近了河岸,船夫熄了火,灭了灯,一片漆黑,树丛中的星星点点。我不知道我为什么哀伤。动画电影《萤火虫之墓》看一遍哭一遍,不敢再看第四遍。作者野坂连自己的原作《火垂之墓》都没有重读过,只是年老时在一个访问里说,"想把大豆渣嚼软一点给妹妹吃,但不知不觉却自己吞下了。当时如果给妹妹吃了大豆渣,或许妹妹不会饿死。如果能像小说一样,我当时对妹妹好一点的话,就好了。"这样反复地说,反复地说。"萤"与"火垂"日文发音一样,可是他更愿意使用"火垂"这个字眼,书里一句"烧夷弹落下,向着正燃烧的家,只能呼叫父母的名字,然后转身往六甲山逃",我也觉得《火垂之墓》似乎更痛切一些。

  我们成长的历程,似乎就是在与各种各样的创伤和解。战争创伤,童年创伤,创伤与创伤,没有什么创伤会比另一种创伤更严重,张艾嘉在答电影《念念》的问题时说,我们要懂得怎么去跟过去,去跟别人和解,但是先要懂得怎么跟自己和解。

  我二十岁时写过太多以鱼为题的创作谈,我不知道我为什么总要写鱼,我出生和度过童年的地方,没有海,我也从来没有见过海。可是我二十岁,我可以为了自由去死。如今我四十岁了,我还活着,我也笑着说,要不是你们两个小孩。我也可以每天讲一个人鱼的故事,每天都会有一点不一样,可是故事的结局都应该是,小美人鱼逃出了龙宫，向着一道光游去。

我童年的时候根本就没有想过我将来会去什么岛，纽约岛，或者香港岛。我后来写了那么多鱼，也不过是想去往大海，不应该是岛。

岛没有希望。

21岁的时候，我写了《头朝下游泳的鱼》——所有的人都以为我幸福或者给了我幸福，我却痛苦。要么离开给我饭吃的地方，饿死，要么不离开给我饭吃的地方，烂死。我已经不太在乎怎么死了，死总归是难看的。长此以来，我无法写作。身体不自由，连心也是不自由的，写的东西就充满了自由。

22岁的时候，我写了《一天到晚散步的鱼》——我写作是因为我不自由。

23岁的时候，我写了《活在沼泽里的鱼》——我谈论鱼，因为我相信鱼是厌倦了做人的人。活在沼泽里的鱼，尾部都是残破的，死了一样浮游在水里。可是每一条活在沼泽里的鱼，一定都梦想着舞动完整的尾，去海里。

24岁的时候，我写了《海里的鱼》——我以前以为我是一条鱼，可以游到海里去，后来我才知道我只是一条淡水鱼，我比谁都要软弱，如果他们笼络我，我就被笼络，如果他们招安我，我就被招安，总之，再在水里活几天总比跳来跳去跳了一身血死了的好。我是这么想的。

然后我终于在这一年离开了，去到太平洋的那一边。我从来都没有真正的自由过。可是自己与自己的和解，不就是爱的和解？岛有没有希望我不知道，我只知道我还有寻找的希望。

2，在香港

夏天的时候，我去了童年好友现在居住的地方，屋岛。屋岛是属于香川县的一个地方，香川县在整个四国来说也算是比较重要的县，因为有一个小小的高松机场，这个机场终于在七月的时候有了往返香港的航班，再早一点的时候，这个机场连去上海的飞机都没有，我的朋友如果要回中国，就得开四个小时的车去大阪搭飞机，或者去神户，那儿有去中国的船。四国又是什么地方？四国这个地方香港人都不去的，香港人宁愿去离福岛很近的熊本也不去四国。至于北海道和东京那些，到了节假日基本上就是香港人的后花园了。于是我都没有去。我后来去到了关西，我在奈良呆了三天，我还是没有去大阪或者京都。那些地方，就是日本的大城市，现代城市或者古代城市。我已经很厌倦城市。

我在屋岛很舒服地住了大半个月，把朋友家门口的馆子每一个都吃了十五六遍，是的因为是屋岛，按照她自己的说法，她就是住在了日本乡下的山里面，所以她家门口的餐馆都不是那么多的，唯一的一家拉面店，我们去到第三次的时候服务员就认出了我们，还送了棒棒糖。

所以我的这一个夏天，其实哪儿也没去，即使是去了一下四国，我也不是去旅游的，我是去住的。住，这个字，意味着什么都没干，没有海滩，没有游泳衣和太阳眼镜，没有修过的美女照和美食照发朋友圈，住，就是生活。我在美国生活过，加州，柏拉阿图那种安宁的小镇，纽约，那种毫无争议的城市标志的大城市。我在香港也生活了将要接近十年，可是我不知道内地的大城市是什么，我没有在内地的大城市居住过，北京和上海，似乎对于这两个地方来说，其他任何地方都只是乡下。我出生并且度过前半生的地方，就是对于上海来说的一个乡下，常州。我年轻的时候很喜欢写常州，这个小城市和生活在这个小城市里的人和事情，我也没有别的东西可以写，我又没有去过别的地方。所以一位上海的编辑老师就讲，你的东西不时髦啊，你得写城市，城市晓得伐。那个时代是这样的，那些压力导致很多跟我一样的江浙女作家，非得说自己其实是在上海出生的，或者她的童年就是在上海度过的。你有个上海亲戚，你的小说就有了上海心了？我很质疑这一点。我后来写作就很注意方向，我写过《到上海去》和《到南京去》，因为现在居住在香港，又写了《到广州去》，这些地方，对于我来说，永远是去，而不是来。如果你看到有谁写过《在南京》或者《在北京》，那么他的现在感真的是很强烈的。

　　从四国到香港，我竟然有一点失落，当然也有可能是与童年好友离别，下一次再见不知是何年，我们的分离曾经是连续的十年，杳无音讯的十年。我从美国到中国，我从内地到香港，可是从来不曾失落的。第二天是礼拜六，我穿过一个天桥去汇丰银行，天桥上全是人，左边是人，右边也是人，前边是人，后边也是人，我夹在人和人的中间，不能快一点，也不能慢一点，我尝试突破了一下左边，又突破了一下右边，但是人和人并排着，走着，说说笑笑，完全不给我一点点机会。

大家的手臂都在前后摆动，有的角度到达了一百八十度，那些手臂不断地打到我的肚子，手臂的主人也没有空回头看一眼。真的，太多人太多人了。

我突然意识到，我在香港。

3，我们的香港

我其实已经写过了关于散文的字，我说我写起散文来也是很严肃的。但是我一年没有写小说，我明年得写一点小说了。然后我就得到了一个任务，我还是要来谈一谈我写过的散文。

我在去年的这个时候写过一篇《对于写作我还能做点什么》，我说我真的去写了一些散文，给了真的《散文》，呼吸慢下来的瞬间，最好写散文。

呼吸慢了真的就没有那么难过了，我写小说的时候一定呼吸得太快了。

我是这么想的，好一点的小说是会让人痛苦的，好一点的散文是会让人舒服的，我经常写倒过来，把小说写舒服了，散文写痛苦了。在小说和散文之间游荡的语言，不知道是我的幸福还是不幸福，我经常这么想。

《利安》绝对是不让人舒服的那种散文，我的一个朋友说的，文字已通透，然后呢？他不说了。我在他那里发过无数无法被归类的文字，创作谈《十年不创作谈》以及童话《反童话》。有一种编辑是可以让你自由发挥的,他只在乎文字,好文字肯定是让人舒服,或者痛苦的。我也不在乎是哪一种了。

香港的评论家蔡益怀先生说的,周洁茹的作品是以随笔式的、感悟式的方式叙述香港,完全没有夸张、变形、幻想式的书写,而是如实进去。她写出了普通香港人仓皇无着的真状况。

我觉得他们说得都比我好,我就不说什么了。

我也有一些生活中的朋友说我的这组散文写得好看多了,要不是他们说,我还不知道我之前的那本散文集有多不好看。说这些话的人都是真正生活在香港的人,散文里出现的字,九龙湾和马铁,利安,都是他们每天都要过的生活,真正的生活。

4,我们只写我们想写的

《我当我是去流浪》是一本随笔集。所以我没有写跋或者序,我也许写个后记,我也是在长篇《岛上蔷薇》出版了以后才写的解说文《蔷薇是什么花》。

这本随笔集,奇妙地,像一朵蘑菇那样,在十月的某一天出现了,没有火花也没有烟花,我的编辑说的,我和我们出版社,我们都是很安静的。

我突然想起来我两年前在上海的一个活动认识了一个叫做 Heather 的女孩,场地方的实习生,银色的短发,小脸。实际上我见过很多很多女孩,可是这个女孩很吸引我,我就跟她说,你要不要问我问题?

我会答你所有的问题。她说,好啊,她就把她的问题寄给了我。我没有答。过去了的这一年,我对了六场话,再过去的那一年,我去了十场新书会。我不想回答任何问题,我都不想说话了。

我的朋友圈朋友大头费里尼贴了一张鱼照,一天到晚游泳的鱼。我想起来我写过创作谈《头朝下游泳的鱼》和《一天到晚散步的鱼》,我肯定故意地避开了那首名曲。

我在那个十七年前的创作谈里说我喜欢伊能静,因为她在她的书里说:"如果我的欲念更深沉一些更节制一些就好了,但我又想也不过是一次的人生,精精彩彩不更好?"我就去我的朋友圈贴了一张伊能静的照片,马上有很多人表示讨厌她,也有一个人说读过她的书。还是可以的,他是这么说的。他也是这么说我的小说的,还是可以的。但是没有用,即使你什么都没有做,还是会有人讨厌你。

我的另一个朋友圈朋友马拉说他认识一个又丑又胖的女孩,她总是在勤奋地工作,可是太伤感了,她做什么都没有人喜欢。这个世界上也有很多又美又不胖的姑娘,每天努力地工作,可是做什么都没有人喜欢。太没有办法了。

我重新看了一遍《一天到晚散步的鱼》,我1999年的创作谈,二十三岁。我从二十一岁开始写创作谈,一年一篇,这个习惯肯定与我当时的职业有关,我在一个机关做宣传干事,我得写年终总结,写完工作总结,随便把写作总结也写了。这个行为终于在我二十四岁的时候终止了,我再也不用写创作谈了,我连写作都终止了。三十九岁的时候，我回来写作，我写了创作谈《我们为什么写作》。肯定也是因为棉棉先写了关于我的创作谈《我们为什么写作》(《青春》2015年9期)，我就写了关于她的创作谈《我们为什么写作》(《香港文学》2016年4期)。

这个为什么，简直纠缠了我的整个人生，二十一岁说我写是因为我孤单，二十二岁说我写是因为我不自由，二十三岁说我写是因为爱，二十四岁二十五岁三十四岁三十五岁，直到三十九岁再回来说，我写是因为是爱。

我决定回答 Heather 的问题，现在，也许没有其他更对的时间了。

Heather 问我，你相信一见钟情吗？我说，我经常一见钟情，我的厌倦也比其他人来得更快。一见钟情，深深厌倦。

Heather 问我，"酷"的定义是什么？我说，我觉得棉棉很酷，我想不出来还有谁比她更配得上"酷"那个字。

Heather 问我，最喜欢哪个诗人，诗意表达能力这个东西是天生的吗？我说，我对诗没有兴趣，我对诗人更没有兴趣。任何表达都需要天分。另外诗是诗，不是句子，句子不可以被截断。

Heather 问我，在你心中有哪些会讲故事的作家(storyteller)？我说，我现在能够想起来的只有王尔德，快乐王子的心破掉，是一个故事。

Heather 说，你有流浪情结吧，你说过你希望被当做移居作家而不是移民作家。我说，我希望我是一个流浪作家而不是一个流放作家多少表达了我对政治的观点，我对政治的观点就是，没有观点。我一直在建设我的个人，如果她很接近被毁坏，我只有带着我自己上火星，地球上从来没有一块地方是完全安全的。没有买卖就没有杀戮，没有迫害就没有拯救。我或者也只是一个移居作家而不是移民作家，同样表达了我并没有多么厚重的背负，我也不承担什么，整个国家或者全体人民。

Heather 说，你喜欢《芒果街的小屋》这本书，我也喜欢，我有一种感觉，Esperanza 叙述的生活是平静的，诗化的，而这种诗化来源于，她对生活采取了一种旁观和流浪的态度。看你的文字也有一样的感觉，平静，但底下有着很大的情感。对于生活你更愿意做一个参与者还是旁观者？我说，我们当然是我们的生活的参与者。Esperanza 也是，她的诗的平静，都是因为她真正地生活在生活里面。我们决定不了我们的愿意或者不愿意。所有能够旁观自己生活的，不是精神分裂吗？当然我相信艺术家都是分裂的，看别人看不到的，听别人听不见的，分裂的心能够创造艺术。真正的意识从身体的脱离，这样的情形我只遇到过一次。一个很正常的晚饭以后，我从客厅的一边走到另一边，速度也不是很快，但是我的意识脱离了出来，提前了半步的距离，我的身体没有跟得上，是距离，不是时间，我就往后看了一眼，是的我是在我的意识里面，我的身体在外面，所以我是往后看了一眼，都不是语言可以描述的，身体按照惯性继续往前，我和我的意识停留住，让身体追上来，重新缝合到一起，一切就是这样发生了，我扶住桌子，让自己真正地稳定下来。我不想再遇到第二次，我害怕第二次我的身体没有能够赶上来,或者我的一些部分飘离掉,再也回不来。尽管我有时候也会想,意识的残缺也许能够让你写得更疯一点呢?我只是想想的。好在这个世界上的多数艺术家都在控制自己的分裂,要不然整个世界就是疯子们的了。

Heather 说,写作这件事有个人极限吗?你有没有过在写作中探索到极限的感觉。我说,任何事情都没有极限,就是死亡也不是一个终止。可是人的身体是一个局限,人会死,而且很容易死,不睡觉和缺水都是身体的极限。我不愿意往极限的方向去,会回不来。也许做爱的同时窒息高潮来得更快,但是我不愿意,会死。

Heather 说,那你最爽的一次写作经历是什么?我说,年轻时候的每一次写作都太爽了。体力好,无穷无尽地写,这种错觉。我嫉妒那些可以抽烟喝酒的创作者,我都不会,我只是在每个早晨来一杯红茶让自己醒过来。所以我就是在拼我自己,我也知道。

Heather 说,不听点音乐?音乐对你的写作有影响吗?我说,音乐不影响我。音乐对于我来说就是一个热水澡,我太累的时候会冲个热水澡,是冲不是泡,我没有时间,然后继续工作,或者听点什么,随便什么,一点点就好,然后继续工作。

Heather 说,我有时候有错觉,读你的文字像在读英文。我说,我当这是一个赞扬,谢谢,谢谢。

Heather 说,你在访谈《十九个问题》中说你读英文的问题会很快乐,因为它们的意思很宽泛,这一点会不会投射到你自己的写作中?

我说，任何访谈都要配合到上下文来看，我会谈到英文的问题是因为那个访问的主题是双语写作，阅读与个体经验，而且提问者用英文，问题也大都是这种，英文写作的经验？英文写作的困难？用作品和英文读者交流是必要的吗以及你喜欢英文吗？于是我答了我读英文的问题很快乐。我是这么说的，它们比中文问题的意思更宽泛，我的回答可以往无穷无尽的方向去，甚至可以飘掉，像一个红气球。中文问题永远都像是一个风筝，无论你飞得多高，总有一根线攥在提问者的手里，而且他一直在努力地把你扯回来。所以我的回答是把不同放在提问者而不是语言。所有谈论英文写作的话题都是要特别小心的，现在这个时间，以及目前我看到的这个区域，没有人会真正对英文写作的问题感兴趣。

　　Heather说，你愿意怎么形容香港？此时此刻。我说，香港对于很多人来说只是一个过渡的地方，或者是两块板中间的那一个区域，一个夹缝，我一直以为我在美国的十年是一个时间的缝隙，我走出来我还是我只是世界都不同了，而我在香港这个地理的缝隙也呆了将要接近八年，我终于可以承认这一点，香港是我的现在。我在香港。

　　Heather说，写不出东西做什么？我说，看电影啊，谈恋爱啊，吃啊。Heather说，那我去谈恋爱了。我说，去吧。Heather说，你觉得我问你的这些问题能被发表吗？我说，不能。Heather说，我们太时髦了是吧？我说，我看看是不是能够写个创作谈，问答体的，写不出来也没关系，我们只写我们想写的。Heather说，你这一句都让我哭了。

③ 过去未来

我在去年的夏天参加过一次未来主题的对谈,和两位八零后的写作者一起,陈崇正和林培源,林培源更接近九零后,他写作的方法在我看来已经与我很不相同了。

但是二十岁三十岁四十岁一起说说未来的世界,这就很有趣了。

对谈的前夜八零后的杨晓帆跟我说,八零后也没什么特别实在的旧时光,但是未来世界听着有一种科幻感,有趣。

我太喜欢他们了,简单的有趣。我们呢?尤其是靠前一点的七零后,严肃,凝重,陷在过往里,反复反复地解释自己,要么推翻一个旧的七零后,制造一个新的七零后?为什么不谈谈明天呢?不是七零后没有明天,六零后都有后天呢,不过是大家的路已经走了一半,前半部分的经验就足够撑得起自己的写作,很多人肯定是这样肯定的。

说到过去的经验,过去的字我写了不少了,我要说的是我刚才改完的一个短篇《罗拉的自行车》，这个小说。实际上我已经不写故事和结构都很复杂的小说了，这个小说的初稿在1993年，是我的第一个中篇小说，我就是写了一个故事，但是用了过去和过去的过去穿插的方法，这么做的后果就是我把它写乱了，我自己也乱了，所以这个小说没有发表，我把它放到了现在。

我的第一个短篇小说叫做《独居生活》，还是手写的，趴在打暑假工的桌子上手写了一个下午加一个傍晚，写完就发在了我打暑假工的杂志，也是我们杂志对我的恩情。很多年以后了，杂志社的一位老师问我，你第一个发表的作品不是在我们杂志吗？1993年，我记得清楚，怎么你的简历上写着1991年开始发表呢？要不是一个跟我同年的朋友又讲到那个刊物，我还真是不好意思讲出来，广州的，《少男少女》，1991年，我在它家发了一个小小的诗歌。那首诗我是一句都记不得了，大概的意思就是说这世界雾茫茫，我看不到你你看不到我，不如牵住手，一起冲破那迷雾。我现在想想，互相都看不到，怎么牵到手？牵谁的手？还冲破迷雾。硬伤。我那个时候的写，就是硬伤加硬伤。但我到底还是遇见了那么一个朋友，会跟我一样买伊能静的磁带《悲伤朱丽叶》，会一起在《少男少女》发了个小小的东西，新年的时候我们还一起唱了小虎队和忧欢派对的《新年快乐》，我说的是今年的新年，我们都四十岁了的这个新年，而且他说起我的家乡还能给我表演一段《燕舞燕舞一曲歌来一片情》。

1990年，我就是在广州的《少男少女》，开始了写作的道路，非常超前的杂志,他们甚至办了一个小记者班,六个月函授,每两个月交一个稿件,必须是新闻稿件,老师点评后寄回。派给我的老师是,马莉。她的每一封手写的回信我都看了好多遍,而且我肯定在第三次寄了一个不是新闻报道的文学作品,马莉老师也点评了,寄回。她肯定都忘了。

跟住函授教材的,还有一个小小的徽章,三角形的,画了一个小小的人,他们的信里是这么说的,如果你碰到一个跟你一样戴着这枚徽章的人,那么他或者她,就是跟你一样的人。我们的人。

我真的戴过那枚徽章,羞涩又骄傲地别在胸口,可是我从来没有碰到过我们的人,一个都没有,直到我遇到那个跟我一样记得《少男少女》的朋友,可是他也没有徽章。

可以这么说,《少男少女》真的给了我太多了,他们还派给了我一个笔友,一个住在天河区的广州女孩。我的整个女孩时代,就是跟她通信,来来往往的信。我写得更多一点,但是她回复给我的信,也装满了两个小小的箱子。她只寄过一次照片,照片上的她穿着裙子,站在花市的前面,而我收到的信的时候正冷得发抖呢,江南的冬天,真的可以冻死人的。

我十四岁的时候,觉得广州是一个遥远的美梦,我从来没有想过有一天,能够真的去到广州。

直到二十一岁了,我在《南方周末》有了一个专栏,他们请我去玩,我终于去了广州,我也终于见到了我的笔友,通了七年的信的笔友,尽管后面的信都很少了，甚至换成了电脑打印出来的信纸，初中到高中到大学，女孩到少女的这七年。第一次见面，她跟她的照片都没有差别，尽管真的是隔了七年，女孩真的长成了少女。

然后是第二次见面，二十三岁，我们都没有结成婚，她没能去到香港，我也跟广州的男朋友分了手，最后去了美国。

九年以后，我搬到了香港，可是再也找不到她，我也不知道《少男少女》还在不在。自从我开始在《花城》那样的刊物上发表小说以后，我就再也不愿意提起《少男少女》，实际上我也从来没有提到过它。我就是这么虚荣的。

香港和广州真的很近，可是我再也没有去过。直到复出写作的那一年冬天，《广州文艺》穗港文学期刊的会，我跟着《香港文学》的老师去了广州，我当然不会去问广州的人《少男少女》还有没有，就像我不会去问当年的男朋友结婚了没有，生了几个孩子了。往事随风。

第二年春天，我又去了广州，主题是《本土内外与岛屿写作》的对谈，香港评论家蔡益怀先生谈了一下本土内外，我就谈了一下岛屿写作。蔡先生说，我前几天看到你在朋友圈发了一张图片，一个日本的岛，废弃了的岛，整个岛屿就是一个废墟，你还说这个岛像不像未来的香港？我说，其实是电影《进击的巨人》的海报，一个已经破掉的围墙，探进一个巨人的头颅。《进击的巨人》讲的什么故事？一个人类减灭计划，人类不断污染地球，极端组织就创造出巨人把人吃掉，残存的人类退守到一个荒废的小岛，筑起高墙，把自己围在里面，可是安宁的生活并不长久,终于有一天,围墙被突破,巨人再次入侵。《进击的巨人》就是一个日本漫画,岛也是日本的岛,我肯定要把它和香港的岛区分开来,巨人,高墙,废弃的岛,就是作为香港未来的一个想象,都太不协和了,但是它要表现的,我倒觉得真是全人类的未来世界,污染,和人类的毁灭。也是文学世界的未来,污染和毁灭。

所以我的速度是越来越慢的,对未来的想象是越来越坏的。《岛上蔷薇》出版以后,有个记者给我寄了一份普鲁斯特问卷,第一个问题就是,你觉得你的未来是什么样的?一个老太太。我是这么答的,一个孤独的生病的老太太,没有猫。一切都是真的。

《西部世界》和《黑镜》是最近才出现的,我去到香港的2009年,有一部叫做《代理人》的电影,已经符合了我对未来的想法。真实的不完美的人类躲在家里,意识遥控机器人来代替上班甚至做爱,机器人的样子当然好得多,而且还不会死,大街上走来走去全是模特儿身体的代理人。这个电影造了一个最美的美梦给我这样的宅神,尤其在我听说了我的一个朋友二十年前多少斤现在还是多少斤的事实以后。我已经比二十年前重了二十公斤,根本就不能出去见人了,但是如果我可以购买一个美貌的代理人,她就可以代替我出去见人,又有谁能够说她不是我呢?但是代理人的问题就是,她还是会断线,如果我离开了遥控床,她就一动不动了,而且说到底她的身体也不是我的身体,即使快乐也只是意识的快乐,身体真是一点儿快乐都没有。我可能还是更喜欢自己的身体,老了很多也胖了很多的自己的身体。而且最重要的一点是，如果我死了，她也死了。这个时候就有个电影《查派》出现了，2015年，我回来写作的那一年，他们已经拍出了《查派》，查派是电影里机器人的名字，这个电影可能还有别的名字，《超人类》那种，说的是机器人有了自我意识，然后帮助了人类，把人类意识上载到了机器人身体，于是人类也终于实现了不死。这个电影完全超越了《机械姬》那些，机器人，机器人和机器人，到底跟人类也没什么联系，机器人觉醒或者战无不胜的人类情感，永远都在平地上等待的那种电影。《查派》的评论可能很差，跟《未来水世界》似的，但是我真的觉得它给到了一个联系，人类与机器人真正的联系。我知道普通的人类一直会有两种疑问，死亡以后意识的存在和不存在，对我来说，我可能是相信在，但是它最终去到哪里我可不知道又让我产生了一个不在的动摇，如果我知道它最终会去到一个机器人的身体，而不是随便一个什么地方，浩瀚的宇宙那种，我的信仰肯定就固牢了很多，这就是我喜欢电影《查派》的原因，我就是要一个肯定的，狭窄的，其实并不可笑的答案。

　　《罗拉的自行车》从中篇改到了短篇，可能的话还得再短。这就是我现在的状态，做减法，每一个字，每一个句子，如果不是必要，连一个句号都不要。我的生活也是这样的，没有一件多余的衣服甚至一张桌子，我的字都是笔电放在膝盖上写出来的，现在。写新作显然简单得多，多一个字我都会把它吃下去。但是修改旧小说就是一个缓慢又折腾的过程，重写，一个崭新的八百字小说，完全过去时态的一个小说。然后是写句子，主要的句子和细节的句子，成为一个四千字的小说，完全现在时态的一个小说。这两个小说写完，当然不要再去打开，接下来就可以使用脑子里的这点记忆和经验，开始删改旧作，每一个段落，一个字一个字地删，当然大多数的情况是整节整节地删，这种建立结构的方法，就不那么混乱了。也是真正的折腾。但是我愿意，我就喜欢旧作里面的那种气息，孩子气的，不管不顾的气息，我现在可是没有那种气息了。气息对于小说来说有多重要。人的身体是怎么构成的？原子和原子。原子和原子的间隙呢？当然不是水，是气。当然原子们自己并不知道它们是什么，或者它们加在一起叫不叫做人类，原子什么都不知道。我也是真不明白人类的长篇是怎么写出来的？句子，句子和句子，段落，段落和段落。每一个人都说个不停吗？像分裂了四十六种人格，我不能想象，也不是我能够理解的。

我还是要这么说，我只代表我自己，我不代表任何什么时代，我也不要任何别人代表我。就好像谈未来的前夜我还给一个七零后作家靠前一点儿的那种发了一条短信问他对未来世界的看法。直到现在，他都没有回复我。可是他对未来没有任何想法，不等于说我对未来没有任何想法。

我们和我们世界的未来，也许还是很坏，又不是我管的事儿。但我可能还是愿意往美好的方向去一点，我们人类不是有战无不胜的情感嘛，爱。